陈东枪枪 著

神探华良

柒

双面

南方出版传媒
花城出版社
中国·广州

图书在版编目（CIP）数据

神探华良．7，双面／陈东枪枪著．－－广州：花城出版社，2021.10
ISBN 978-7-5360-9301-0

Ⅰ．①神… Ⅱ．①陈… Ⅲ．①侦探小说－中国－当代 Ⅳ．①I247.5

中国版本图书馆CIP数据核字(2021)第143340号

出 版 人：肖延兵
总 策 划：海　飞
项目执行：汪　黎
策划编辑：程士庆
责任编辑：周思仪　王梦迪
文　　字：王喜鹏　汪　黎　陈如松　汤　玲
技术编辑：薛伟民　凌春梅
装帧设计：今亮后声·小九

书　　名	神探华良．7，双面 SHENTAN HUALIANG. 7, SHUANGMIAN
出版发行	花城出版社 （广州市环市东路水荫路11号）
经　　销	全国新华书店
印　　刷	佛山市浩文彩色印刷有限公司 （广东省佛山市南海区狮山科技工业园A区）
开　　本	880毫米×1230毫米　32开
印　　张	6.625　1插页
字　　数	126,000字
版　　次	2021年10月第1版　2021年10月第1次印刷
定　　价	39.50元

如发现印装质量问题，请直接与印刷厂联系调换。
购书热线：020-37604658　37602954
花城出版社网站：http://www.fcph.com.cn

每个人都有两张面孔，一张阴面，一张阳面。

目 录

野 国
· 1 ·

双 面
· 101 ·

野　国

1

杨帆是在一大片凉薄并且深邃的黑暗中，缓缓睁开双眼的。他嗅到了一股浓重的腥味，这样的腥味他其实是十分熟悉的，所以，他的第一反应是，周围有血，而且还不少。杨帆看不见任何东西，即便他已经把眼睛瞪得很大了。

杨帆的一双手在胡乱摸索着，黑暗以及一摊黏糊糊的液体都爬上了他的手指，他愣了一下，突然耳朵里开始嗡嗡作响。五个钟头以前，一辆黑色的庞蒂克小汽车冲开了人群，一头撞翻了杨帆的汽车。杨帆觉得那一定是他人生中最糟糕的一幕，他整个人在汽车后座翻滚着，直到最后四仰八叉地躺着。

在那之前，身为特别交通委员会委员的杨帆刚接到公董局副总董的电话，让他去开一个临时会议。杨帆把西装的最后一颗纽扣扣紧，和司机打了一声招呼，就坐上了这辆让他四仰八叉的汽车。杨帆有些懵了，他分不清车头和车尾，胸口一定是有血流出来的，因为他看见白色的衬衫被新鲜的血液洇红了。所幸的是，杨帆西装上的纽扣仍然扣得紧紧的。

从那辆黑色庞蒂克轿车里，连同司机，一共下来了五个人。他们每个人的手里都握着一把半自动步枪，步枪是上了膛的，所以一下子就把子弹射出来了。子弹呼啸着，肆无忌惮地穿过上海滩闹猛的街头。它们穿透了一根支撑小摊的木棍，也穿透了汽车尾部的铁皮，还斜向穿透了一个眉清目秀的巡捕的眉心。

如果你从很高的地方往下看，就会看到人群像潮水一样奔逃。数个巡捕拔枪还击，像极了一条条在潮水里逆游的鱼。你还会看见子弹和血肉一同横飞，一声又一声猛烈的枪响此起彼伏，在这条叫作"薛华立路"的马路上，疯狂欢叫。

杨帆被人从翻倒的汽车里拖了出来，拖进了另一辆车里，这个时候，他的耳朵是嗡嗡作响的。很快，他的耳朵就不响了，他整个人就晕过去了。半自动步枪一直在扫射，仿佛它们肚子里的子弹是打不光的。黑色的庞蒂克小汽车再次冲开人群，扬长而去。马路上，留下了一条浅淡的轮胎痕，以及一堆零乱的子弹壳。

然后，上海滩的天空就开始发暗了。

杨帆还是在黑暗中摸索，这回他摸到的，是一具冰硬的尸体。杨帆急忙收回了手，他听见自己的牙齿正在打战，咯咯的声音在黑暗里显得格外清晰。杨帆用了很长的时间使自己平复下来，他靠着墙壁慢慢起身，准备寻找一个出口。

突然，门开了，一束刺眼的灯光照了进来。杨帆的眼睛睁不开了，他屏住了呼吸，与此同时，他听到一阵邪魅森冷的笑声，正扑面而来……

2

华良到的时候，是巡捕房一个新来的巡捕迎上来的。在他的目光里，那天的华良，穿着一件修长的灰色风衣，脸上没有任何表情，但是其锐利的目光，分明是黑夜里的一道白亮亮的闪电。黑色的羊皮手套套在华良的双手上，巡捕瞧见，羊皮手套还捏着一张葱油饼，升腾的热气从包装纸里不断往外冒。许多年以后，这位巡捕还是会想起这样的场景，然后同身旁的人吹牛，说："你们晓不晓得，我可是见过神探华良的，他的眼睛像狼一样。"

这几天的华良被一桩毒品案件折磨得焦头烂额，如果不是发生了这件大案，这会儿，华良一定是要去会会有嫌疑的富商沈千山的。

华良把他灰得同天色一样的风衣交到了新来的巡捕手上，葱油饼咸香的味道在他的口腔里漾开来，他说："伤亡如何？"

"死了三个，一个司机、两个巡捕，伤了十五个，其中八个是平民,送医了。"新来的巡捕把手摊开,做了一个"请"的手势。

华良在一具巡捕的尸体前蹲下来,这个死了的巡捕眉心中了一颗子弹,从枪洞涌出的血液已经凝固了。华良探身看了下尸体的身后,那儿有一根滚圆的柱子,柱子上和尸体平行的地方,有一个墨黑的眼儿。尸体的手上没有枪,他的枪现在仍躺在枪袋里,安静地看着一切的起落。

"高婕来了没有?"华良是朝着尸体说的,每一个字都落在了尸体苍白如纸的脸上。

新来的巡捕咽了口唾沫,回:"已经通知了,估计正在赶来。"

华良不再说话了,而是朝杨帆的轿车看去,轿车侧翻在一家卖雪花膏的铺子前,车身上布满子弹孔。轿车的车头已经严重扭曲了,可见撞击的力度十分的大。华良俯身往轿车里探了一眼,主驾驶室里,穿着黑色西装的司机早就咽气了,他的领带和血肉连在一起,牢牢粘在压得变形了的脸上。在后排座位上,有一件风衣外套,但是没有人。

华良绕着轿车转了一圈,轿车的尾巴边上同样躺着一个人,也是个巡捕。他的脚被轿车压住了,活生生被打成了筛子,死不瞑目。华良抬了抬手,汽车就被人抬正了,司机的尸体也被抬下了车,就摆在马路上。

华良钻进了汽车,他搓着手,想,这不是一件简单的枪击案,能在公董局门口击杀巡捕并且带走要员的,肯定非同寻常。华良的血流加快了,他从车前座钻到车后座,像一只灵活的猴子。直到华良爬出车子,伸了伸腰,才忽然觉得,以他的个子来说,变了形的汽车内部的确有些逼仄。

车里并没有什么发现,空气中弥漫着硝烟和血味,后来华良还闻到了一股烟味,是帕特加斯雪茄。华良踮起脚尖看向车顶,车顶中间部分被压凹陷了,面积不大。从车顶直视出去,他还瞥见了安德森晃晃悠悠地朝自己走过来,右手食指和中指夹着一根新点的帕特加斯雪茄。

安德森是在华良来之前,紧赶慢赶过来讨骂的。作为法租界公董局的新任警务处处长和巡捕房警务总监,安德森要比格雷勤奋一些。安德森在来之前给自己灌了半瓶红酒,似乎只有这样,一会儿在总领事面前,才不至于太狼狈。他觉得,喝醉了就听不进去骂了。他一共在总领事的办公室里听到了四次拍桌子,他在想,总领事的手掌肯定通红了。所以,在总领事最后说了一个"滚"字之后,安德森用最快的速度滚出了公董局,一直滚到了华良的面前。

安德森的表情很古怪,似笑非笑,似哭非哭,他狠狠打了一个酒嗝,腿脚有些不太稳当,于是他双手扶住了扭曲的汽车壳子,压着嗓音骂了一句:"他娘的。"

华良没有理会他,自顾自专注地看着四周逐渐亮起的灯光。

"Mr. 华。"

这是安德森在骂完娘后的第一句话,他说:"你最好明天就抓住这帮兔崽子。"

华良仍然没有理会。

也许是安德森感觉遭受了冷漠的对待,所以他愤恨地招呼一帮巡捕到他身旁,让他们讲事情的发生经过。巡捕们叽叽喳喳地讲起来,安德森忽然就不觉得周遭冷漠了,他觉得这群人说话比枪战还要热闹。

中央巡捕房的电话从公董局绑架案开始,一直都没有断过,公董局的、各个地方巡捕的、媒体的、民众的等等,来自各方的电话一个紧接着一个打进来。有关部门的负责人都清楚,明天天一亮,就会有报童在大街小巷叫卖,这可是件谁的面上都不好看的事情。安德森来之前就已经被电话铃声烦死了,他也明白,今天要是不灌个两瓶白酒下去,自己就别想睡个安稳觉了。

"Mr.华,你,你要把杨帆安全救出来。"

安德森又打了一个长长的酒嗝,他酒量并不好,这会儿夜风一吹,酒劲儿就上来了。

华良看了一眼手表,淡淡地吐出一句:"你还是先醒醒酒吧。"

安德森是在公董局的大堂沙发上醒酒的,他躺在上面,呼噜震天响。这个时候,所有的灯都亮了,把公董局的大门口照得如同白昼。

华良沿着公董局门口的街道来回奔跑,他近乎癫狂般地奔跑,没有丝毫停下来的意思。新来的巡捕看愣了,也不知道华良这么来回跑是要干吗,只能用目光和他一同奔跑。跑了一会儿,他的目光里就多了一辆摩托车,摩托车上坐着的男人很年轻,戴着一顶鸭舌帽,胸前还挂着一副放大镜。

年轻的男人把摩托车靠在墙边,然后走进了案发现场,他用余光瞄了一眼华良,连连摇头:"华生又疯了,果然还是要靠我福尔摩斯·莫的。"

新来的巡捕认得这个年轻的男人,他叫莫天。自己第一天上班,这个叫莫天的年轻男人就过来打招呼了,他还记得莫天当时说过的话:"你可以不记得所有人,但你一定要记得我,福尔摩斯·莫。我是上海滩第一神探。"

高婕和莫天是前后脚到的,她拎着一个不大不小的工具箱,脚步飞快,脸上有一些难以掩藏的兴奋。

"来了。"

华良是听到一阵清脆的高跟鞋声音时停止奔跑的。

他把一颗子弹壳递给高婕,这是他在奔跑前捡的,然后说:"毛估估的话,装满药得有200克了。"

"7.92毫米口径,毛瑟步枪弹。"高婕仔细测量了子弹壳以及附近能找得到的弹孔,包括死者身上的伤口,说:"你估计得没错,确实得有200克。"

这么大口径的子弹,上海可不常见。华良和高婕都清楚,对方来者不善。

"从弹道痕迹上来判断射速,应为40~60发/分。"高婕伸了个懒腰,她已经二十几个小时没合眼了。近来,上海吸毒的人越来越多,市面上也出现了多种新型毒品,在接到这边的消息之前，高婕一直在莫天家的实验室进行研究分析。

"德国货？"华良咋舌，究竟是什么样的悍匪竟然能搞到这样先进的枪械呢？

"进口的。"高婕也围着那辆埋进夜色里的轿车转了一圈，她能想象发生剧烈撞击时，这辆铁壳子所承受的力道。

华良这时候才发现莫天也到了："你好啊，莫大神探。"

莫天也学着高婕的模样，从地上捡了一颗子弹壳，端在手里来回查看："我说华生，你刚才在跑什么呢？"

"一共是3分钟。"华良又看了一次手表，"整个行动只持续了3分钟，他们行事十分果决。"

莫天不再看子弹了，而是看向华良。

华良又指了指眉心中弹的巡捕尸体以及尸体身后的那根圆柱子，然后从上衣口袋里又掏出来一颗子弹壳，说："这颗就是击中那名巡捕的子弹，和别的子弹都不一样。"

华良用手指着银行的天台，说："该名巡捕目测身高一米七五左右，眉心所中的子弹是从高向低斜向射入的，按照弹道的轨迹来看，是从对面银行的顶楼天台射过来的。"

"狙击手！"莫天和高婕异口同声，并且同时望向华良。

"绑架事件发生时值傍晚，彼时银行已关门，要上到天台，只能从外面攀爬上去。"华良竖起大拇指，测量着银行大楼的高度，"大楼外墙攀爬不易，而且楼层也高，充分说明该名狙击手拥有极高的军事素养和极强的体能，一般的巡捕可爬不上去。"

"这帮人的装备和实力真是不容小觑。"高婕的脑海中浮现出了悍匪们冲杀的场景,"他们不是一般的匪徒,做事毫不拖泥带水。"

"足见是一帮有着丰富经验且具有军事行动能力的家伙,不仅如此,他们应该还有内应。"华良把子弹揣回了口袋。杨帆要去参加的是一个临时会议,绑匪如果没有内应的话,是不可能知道这个时间杨帆一定会出门的。

"那我们还等什么,赶紧去抓内应呀!"莫天从枪袋里拔出手枪,说着话就要往公董局里冲。

"恐怕早就不知所踪了。"华良顿了顿:"就算是还在公董局内部,查起来也要费些工夫。"

华良把查找内应的事情交给了安德森,但他并不抱任何希望。这帮绑匪的目的性很强,就是为了绑架杨帆,一旦达成目的,就肯定不会留下任何蛛丝马迹。

站在华良身旁的数名巡捕都唏嘘不已,他们面面相觑,在这样一个荒凉的夜,也许要用酒才能睡着的人,不止安德森一个。

华良把目光扔进了更深的黑夜里,他想,杨帆,你最好活着。

3

老七。

这个名字,是华良从杨帆府上的管家那儿听到的。华良来之前,绑匪刚把电话挂断。管家告诉华良,绑匪指明了要巡捕房去找一个叫老七的人,另外他们还要五十条大黄鱼。交易时间是明早十点,他们会亲自来杨府取货的。华良想,他们是要拿老七和五十条大黄鱼交换杨帆,这么算来,杨帆至少还活着。

谁是老七?杨帆和老七有无关系?若无关系,为何要那么精心策划地劫走杨帆,若有关系,他们之间又是怎样的一种联系?管家的话里,最值得推敲的是要巡捕房去找老七,会不会这个老七和巡捕房有什么牵连呢?

华良开始咀嚼这些问题。

监狱。华良明白了,和巡捕房有关联的,并且是绑匪想要的人,那么这个人不是巡捕就是犯人了。他立刻安排人对中央巡捕房和各分区的巡捕房以及监狱进行大规模排查,一旦查到老七的下落迅速上报。与此同时,公董局大堂的座机电话响了,华良晓得,那是一通从电话局打来的电话。

接电话的是莫天,挂断电话以后,他就骑上了摩托车,行色匆匆地驶进了更深的夜里。

"陌上桑花店"是莫天用笔记本记下来的名字。数分钟前，他从电话局了解到，绑匪打进杨府的电话，是从这家花店打出去的。

莫天带人进花店大门前，把他的摩托车摆在了店铺旁边的弄堂口。然后他手一挥，几个巡捕就埋伏起来了。莫天叨上一根雪茄，缓缓推开了花店的门。花店老板是个年纪轻轻的少女，皮肤白皙，穿着一件花卉旗袍，和店里的环境很搭，但在所有人的眼里，她才是整个陌上桑最美艳的花朵。

莫天从花瓶边随意拿起一本小说翻看，小说名字叫《金粉世家》，一个叫张恨水的人写的。他环视了一眼四周，说实话，这家名为"陌上桑"的花店的格局很讨人喜欢，简约的风格，暖色调的壁纸，尤其是挂在门框上的那串紫色风铃，只要推门关门就会发出叮叮咚咚的清脆悦耳声音。花店里摆满了各种各样的花卉，莫天的每一口呼吸里，都充满着花的香气，就好像整间屋子都是浸泡在花香里的。

很快，莫天就合上了张恨水写的书，把目光投向了花店的老板娘。现在，她的柜台上放着一个高脚杯，杯子里有残留的红葡萄酒。

"没人来过。"老板娘似乎很喜欢折纸，打从莫天进屋开始，就没见她停下来过。她还有一个专门放折纸的花瓶，就放在《金粉世家》的旁边。

"连客人都没有？"莫天的目光落在了老板娘的折纸上，一看纸张粗糙的毛边就知道，纸张是自己裁剪的。

"才开门。"老板娘不管说没说话，目光始终没移开过手中的折纸半寸。

莫天挺直了身体，问："那你店里有什么异常吗？"

这时，老板娘走出柜台，将折好的纸玫瑰插进了莫天的上衣口袋，她的手滑过莫天的胸膛，她还笑了一下："少了个人。"

"谁？"

"小楼。"

"小楼是谁？"

"伙计。"

莫天转过头去，他看到老板娘回到柜台，手里又有了一张新的折纸："你叫什么？"

老板娘还是没有抬眼，她只是动了动嘴唇："桑桑。"

陌上桑的电话在二楼，除了老板娘，没其他人会用。小楼上过二楼，就在匪徒打来电话的同一时间。

莫天派了巡捕去追小楼了，他是桑桑新招不久的店员。桑桑发现店员小楼不见的时候，和杨府接到电话的时间相差无几。小楼来陌上桑工作十来天了，听讲以前是个花匠。桑桑依旧在折纸，似乎一切都与她无关。

巡捕们没能找到小楼，甚至连他的一丁点儿消息也查不到，就好像小楼从来都没有出现过一样。

4

巡捕回来报告的时候，莫天已经离开陌上桑了。他有种被人耍得团团转的感觉，这对于福尔摩斯来说，是绝对不可能发生的事情。莫天不知道这帮绑匪的藏身之处在哪儿，也不清楚那个叫老七的家伙是何方神圣。

莫天坐在霞飞路捕房的办公室里，他慵懒地趴在桌子上，眼睛盯着纸玫瑰花发呆。你别说，抛开别的不讲，这桑桑长得还真挺水灵的。莫天只要一回想起桑桑那抹从容的笑意，耳畔就会隐隐听见一声又一声的风铃声。

这么想着，莫天就仰头朝窗外看去，这个角度正好能看见陌上桑花店。他把纸玫瑰收好了，不禁暗自有些高兴，果然福尔摩斯到哪儿都是有魅力的。

高婕倒是晓得绑匪为什么要选择这个花店。一般绑匪打勒索电话都会选择相对安全的地方，陌上桑花店所处的地理位置是在霞飞路，正好与霞飞路捕房隔街相望，巡捕房的动向可以看得一清二楚。

后来，莫天和高婕见到华良，是在杨帆的书房里。他们不在杨府的这段时间，华良几乎翻遍了杨府的角角落落，根本找不到任何和老七有关的线索。不仅如此，他同样没有找到有关绑匪的任何线索，就好像杨帆只是一个被随机绑走的人一样。

高婕已经向华良讲完了关于陌上桑的所有情况，末了，她说："线索似乎都断了。"

"只要犯了罪，线索一定是会有的。"华良瞄了一眼窗外，那里有一大片的黑色和黄色。

华良得留下来继续寻找关于老七的线索，他现在不能放过任何一点蛛丝马迹。莫天发动了摩托车，高婕就坐在他的身后，他们要去查找绑匪的车辆线索。摩托车的轰鸣声很快就响起来了，穿梭在网一样的上海滩马路上。

5

沈千山是住在贝当路的富户，他的生意做得很大。在上海滩，沈千山算得上是要风得风、要雨得雨的人。莫天的摩托车飙到贝当路的时候，沈千山正在往高脚杯里倒着红酒。这瓶红酒是他花了大价钱，托人从欧洲的一个酒庄带过来的。沈千山是应该喝点酒的，因为在数个小时以前，他刚刚谈妥了一笔生意。

就是这样一个家大业大的人物，在听到莫天飙车的巨大噪声时，把红酒瓶里的红酒洒到了桌子上。他赶紧找来一块丝巾擦拭，白色的丝巾立马就变得血一样鲜红。沈千山其实从刚才开始就有些心绪不宁了，所以他想喝点酒，不单单是因为谈成了一笔大生意。沈千山也不知道自己为什么会心绪不宁，心里慌慌的，所以，他想去看一眼自己五岁的小儿子。

沈千山的心绪不宁是有道理的，因为，在他房子的大门口，正有数人持枪闯进来，他们用森冷的目光一寸一寸地寻找着猎物。他们十分狠辣，沈千山来不及掏出手雷，就吃了枪子儿倒在了地上。这个时候，房间门打开了，沈千山的小儿子探出脑袋来。其中一个匪徒的目光忽然就柔和了下来，他蒙住了五岁孩子的眼睛，说："别怕。"

他的身后，是一片杀戮。

高婕和莫天是直接把摩托车骑进沈千山家的。莫天和高婕是在枪声和炸弹声止住后才进来的，在那之前，他们根本不敢靠近。

没多久，华良的车就停在了贝当路的沈千山家，他一下车，迎上来的除了莫天以外，还有一股刺鼻的血腥味儿。沈千山的死，让华良有些头大，他一直都在调查一批从缅甸流入上海的毒品，沈千山这个人自己已经关注多时了，他名下的几个赌场，有人在暗地里兜售毒品，自己刚想布网，结果却发生了这样的事情。

沈千山家的花园洋房是贝当路最大最漂亮的。大门敞开着，一个宽敞的道地，左右两边全都种植着蔷薇。沈家到处都是尸体，绝大多数是为沈千山看家护院的保镖的尸体，那些蔷薇被血沾染着，显得更加鲜红。沈千山的名字就算不和毒品扯上关系，华良也是知道的，毕竟他在上海滩是首屈一指的富商。

"除了一个五岁的小儿子不见了，其他全死了。"莫天叼着烟斗，说："家里有部分古董也不见了。"

在一堆凌乱的脚印中，华良发现了一些相同的脚印，这些脚印是笔直向前的，没有后退的迹象。阳台处能见到乌漆墨黑的一片，以及散落的碎石和碎砖。从现在的脚印来判断，这帮匪徒是有条不紊的，只有进的脚印，没有退的。

华良摸着地上的脚印，说："他们很自信。"

"四十三码，三十六码，三十五码。"莫天指着其中几个小号脚印："啧啧啧，看来还有女悍匪啊。"

华良在鞋印旁站了一会儿，留下了自己的脚印进行对比："你来看，这几个大的鞋印步伐宽阔，鞋印清晰，说明此人身高在一米八左右，并且十分沉稳，那几个小的、比较短的鞋印，身高相对较矮。这里的泥土属于沙土，从深浅上来看依次的体重在一百公斤、五十五公斤、四十五公斤左右。"

华良说完，站直了身体，他吸了吸鼻子，接着说："他们是从正门直接进行强攻的，这倒是符合他们的做派。"

华良绕着沈园里外转了一圈，除了发现其余脚印外，还找到了几个烟幕弹的残骸，而在外墙还找到了炸弹的碎片。仅从这几点来判断，就足以证明这伙匪徒不可小觑。他们在强攻前，先是扔了几个烟幕弹，然后迅速靠近了围墙，并对其实施了爆破，紧接着有三人持枪从正门行进式搭配作战，而其余的人则担当掩护在各处设伏，以此来压制火力。他们逐层进行清理，在渐渐消散的烟雾中，沈家的人一个接一个死在枪口下。

血腥味越来越浓烈了，莫天出门来透气，他在想，像这样性质恶劣的灭门惨案，要是自己不在场，靠他们的脑子查到明年也查不出个所以然来。

华良进屋的时候，高婕正在对最后一具尸体进行初步的尸检。所有的尸体都被抬到了客厅，第一具就是沈千山。白色衬衫上的血迹已经由红转黑，僵直的身体在一片白炽灯光下，满脸都写满了惊恐。华良蹲下来，看了下每具尸体的伤口，说："全是枪伤。"

高婕没有抬头，她边尸检边说："伤口主要集中在眉心和心脏正中，下手快准狠，训练有素。"

华良沿着洋楼走了一圈，从现场留下的血迹来看，枪战十分激烈。华良在每个房间都逗留了一会儿，他注意到，儿童房门口的血迹是向房门的方向喷射的，但中间部分没留下血迹，沈千山是后背中弹，也就是说，当时他正要去看小儿子，而在小儿子的房间门口，站着一个身形一米八左右的人。儿童房内部还算整齐，说明凶徒是直接抱走孩子的，很果断。儿童床边有个架子，上面摆放着一堆玩具，靠左的有一些凌乱，五岁的孩子是够不到的，这说明匪徒还带走了几样玩具，华良想，他们拿走玩具很明显就是为了哄小孩，难以想象，杀了数十人的匪徒竟然会哄一个孩子。

在收藏间，华良看到一个倒了的小型脚手架，和柜子上零零散散的一些古董。和收藏间相比，其余房间没有太凌乱，说明这伙人的目的性很强，像是早有预谋。从作案风格上来判断，和劫走杨帆的应该是同一批人，他们这么大动干戈地灭了沈千山一门，难道只是为了抢劫古董？

华良打开了收藏间的窗户，他从窗口眺望出去，高矮的房屋鳞次栉比，明明灭灭的灯光成了黑暗中唯一可以取暖的东西。

沈千山一家的死，对华良来讲，无疑是一记重创。华良着手调查毒品以来，沈千山一直都是他的关注对象，沈千山一死，毒品的线索就又断了。

就在华良陷入深思的时候，高婕把一颗从墙上抠出来的子弹壳放到了他的手掌心，说："从弹道痕迹和子弹壳来看，和绑架杨帆的那伙绑匪使用的是同一批武器，更加可以确定是同一伙人干的了。"

华良的眉头皱得更紧了，既然是同一伙人所为，那么杨帆和沈千山有着什么必要的联系吗？又或者，沈千山、杨帆、老七和这股神秘的武装力量，究竟是由什么样的纽带把他们一一串联起来的呢？

杨帆的被绑架是一个谜，老七是一个谜，沈千山的死又是另一个谜，沈千山儿子的失踪还是一个谜。华良仰头望了一眼黑漆漆的没有星光的天空，仿佛今晚的夜空也是一个谜。

"打电话给安德森,让他安排人手调查任何沈千山与杨帆之间有联系的线索,把所有材料都送到杨帆的办公室。"华良对着一个巡捕说。现在,他要去杨帆的办公室,也许在那儿还能查到些什么。所以,他只对莫天说了一个字:"走。"

和华良一样仰视夜空的人,还有杨帆。

杨帆的脚上戴着一副镣铐,镣铐和天窗口洒下来的月光都很新鲜。他已经从躺着死尸、满是血水的房间换到了另外一间,这间房间有一个狭小的天窗,能看见一点儿夜空。杨帆透过这个天窗,算是和外面的世界有了一丝连接。

杨帆现在还是惊魂未定的,就在来这个房间之前,有两个高大的男人,粗鲁地为自己戴上了镣铐。他不敢说话,甚至连声音都发不出来。站在门口的另一个男人正在大笑,他的笑很阴冷,听得人寒毛直竖。等他笑完,杨帆的脚上就多了一副镣铐。

门口的男人似乎对镣铐很满意,对杨帆说:"和你很般配。"

杨帆刚想说些什么,他忽然就感觉右边的脸颊火辣辣地生疼。杨帆还来不及反应,他的肚子就跟着痛起来,像是五脏六腑搅和在了一起。杨帆清楚地看见,自己的嘴巴里流出了鲜红色的血,血的腥味一下子就散开来,弥漫进房间里的每一个地方。没多久,他的胸口就被一把尖锐的泛着青光的匕首抵住,门口的那个男人用十分冷的语气说:

"杨帆,你还认得我吗?"

杨帆其实是认得的,从他听见笑声的时候,他就有数了。抓住自己的人,就算是烧成灰,他还是认得的。杨帆幻想过很多种被他们找到的场景,当然也幻想过死,但他万万没有想到,他们会以这样的方式出场,来搅动上海滩的风云。

杨帆似乎没那么害怕了,他甚至有一点儿放松,所以他吐掉了口里的血水,说:"我……大概是需要换个脑子才忘得掉了。"

"告诉我,'桑葚'是谁?他又在哪儿?"男人点上了一支烟,那把匕首离杨帆的心脏又近了一寸,这让杨帆号叫出了声。

杨帆在一股缭绕的烟雾里,看见自己的血慢慢爬上了匕首。他已经有很多年没有闻过这种烟味了,那是一种特有的烟味,只在一个地方种植,而这个地方,对于杨帆来讲,是一个天堂,也是一个地狱。杨帆很小就学会抽烟了,他一直都在抽能散发出这种烟味的香烟,那是他们用烟叶卷的。不过,他很久都没有闻到了。杨帆说:"给我抽一口。"

杨帆说完,他就抽到了一口香烟,这让他身体里的血液流速变得更加快了。杨帆又说:"我喜欢这味道。"

男人把匕首左右摆弄着,他在杨帆"咿呀嘶啊"的惨叫声里,又吐出了一口浓重的烟雾,然后,他还吐出了一句话:"我更喜欢看你血肉模糊。"

男人又狠狠给了杨帆一拳,这一记拳头是落在他胸口正中的，他恶狠狠地说："'桑葚'究竟是谁？说！"

杨帆其实已经痛得说不出话来了，他很明白，这帮人是什么事情都做得出来的。桑葚是杨帆很多年前就布好的一枚棋子，桑葚是谁，在哪儿，他是一个字都不会说的，至少现在不会，一旦说了，也许就是个死。

杨帆始终没有再开口，他已经把眼睛闭上了，任由别人对他的身体又是打又是刺。一朵乌云缓缓飘过，把清冷的月亮盖住了。杨帆的身上是一层又一层的雪白的盐，它们把杨帆紧紧包裹住，连同他的一声接一声的惨叫……

6

零点的钟声回响在上海滩的夜晚时，距离和绑匪约定的时间，还剩下正好十个小时。此时，安德森所指派的巡捕们还在排查老七。找出谁是老七，成了当前最重要的事情。

华良也是在这时到达公董局大门的。公董局灯火通明，现在，华良和莫天就站在杨帆的办公室里。华良打开了电灯，杨帆的办公室很整洁，看得出来，他是个喜欢干净的人。莫天在杨帆的办公室里翻来倒去，想要把这儿翻个底儿朝天。后来，他就不找了，因为他什么也没找到。

莫天一屁股坐在了杨帆的办公椅上，先前的疯狂飙车也让他感觉到有些乏了,所以他说:"华生,换你来找证据,找到了就由我福尔摩斯·莫来推理。"

"我听说外国有个'轮椅神探',你是不是在学他?"华良把整个办公室都扫视了一遍,最后,他把目光停在了书柜最底下的一个抽屉,抽屉就在杨帆的办公椅正后面。

"那是摇椅,摇椅。我可不想坐轮椅。"

莫天从椅子上跳起来的时候,华良已经把整个抽屉都抽出来了,同时,他的手在抽屉空洞的底部摸索着。很快,华良就从里面摸出了一个档案袋。

"这是什么?"莫天问。

"线索。"华良笑了一下。

"杨帆是个有轻微洁癖的人,你看,他办公室的每一个地方都十分整洁,就连桌上的烟灰缸都是发亮的,但只有这个地方,并没有那么干净。"华良一圈一圈地解开档案袋的固定线。

莫天想了想,说:"我懂了,你是想说,杨帆的洁癖是装出来的?"

华良倚靠在书柜上,说:"这说明,这个地方是他不让人碰,而自己也不经常碰的,那么,这儿一定是有东西的。"

华良从有些褶子的档案袋里抽出了一张档案纸,档案纸是折起来的,用的方式是风琴四折,但内侧有不规则的折痕。华良摊开后发现上面记录的是一个由警校秘密特训的人,没有姓名,只有一个代号,桑葚。档案上余下的资料显示,这个叫桑葚的人,是为了执行一个叫"清野"的任务，因而被杨帆和格雷送出了上海。资料显示不多，也没有一张照片。

除此之外，什么也没有发现，老七和绑匪依旧是一个谜团。

"'桑葚'是谁，现在人在哪儿？'清野'行动又是什么？杨帆被抓了，格雷老早死掉了，这还查得出来？"莫天又坐了下去，这回他索性整个人都瘫在办公椅上了，"马上就十点了，要我说，给他们一百条大黄鱼算了，买杨帆的命，虽然杨帆也不值这个价。"

"折痕似乎有些古怪……"华良并没有理会莫天的抱怨，顾自看着档案纸上的折痕。不过，他没有看出什么来，索性就把档案纸放进了口袋里。然后，他从书柜的一大摞报纸里抽出了一张，很认真地看了起来。报纸有些老旧，是一份《世界日报》的副刊，除了当时的一些时政新闻外，在第二版还刊有一整版的张恨水小说《金粉世家》的连载。

华良把报纸折叠好，也放进了口袋。他尚不清楚这份旧报纸会派上什么用场，但他晓得，杨帆绝不单单是为了看小说而收藏这份报纸的，何况报纸上的小说并没有连载完。华良似乎有些明白了，不干净的抽屉也好，一摞新报纸里的旧报纸也好，它们都指向了一个方向。

也许，杨帆是故意的。

调查杨帆负责港口的事务的巡捕是在华良离开前，把一堆单子交到他手上的，这些单子全都和沈千山有关。

华良的目光在单子上一一扫过，所有的进出单上，签的都是杨帆的名字。除此之外，还有一张杨帆新开给沈千山船队的通行证，还没来得及发出去。看来，杨帆和沈千山的确有着密切的联系。

"这说明什么？货船进出港口不是很正常么。"莫天可没把这些单子放在心上。

"神探，你仔细瞧瞧上面的时间。"华良指着每张和沈千山相关的单子，说："和我们之前调查的那几批流入上海的毒品的时间很吻合。"

"也就是说，沈千山将货物带出去或者吃进来，走的全是杨帆管辖的码头，如果这些货物当中有毒品的话，那可是太方便了。"莫天一拍大腿，"所以他们两个人都和毒品有关。"

华良点点头，说："由此可见，杨帆很有可能协助沈千山运毒，我们之前的方向没有错，沈千山就是隐藏在上海的毒源！"

"那沈千山的货源又是从哪里来的呢？"莫天问。

华良没有正面回答莫天的问话，在之前对毒品的调查中，他没有查到沈千山和缅甸的毒商有过接触，这一点确实有些可疑，也许是自己还漏查了哪个环节。

这个时候，杨帆办公室的电话铃声响了，电话铃声很急促。电话那头只有一句话，巡捕房把老七找到了。

老七果真是个囚犯，不过他是因为嫖娼被抓进来的，拘留在了顾家宅巡捕房。由于案情不重，所以顾家宅巡捕房并没有上报到中央巡捕房，以至于现在才找到他。"老七"是他的称呼，顾家宅巡捕房没有记录他真实的姓名。兴许，他自己都把自己的真实姓名给忘记了。

华良是在安德森挂断电话后的半个小时内，赶到顾家宅巡捕房的。安德森早就在拘留室等他了，站在安德森身旁的，是摘掉了白丝手套的高婕。他们见到老七之前，还买了一只烧鸡和一瓶白酒，华良还多要了一张葱油饼。

华良和老七面对面坐着。老七一口酒一口鸡肉，然后他看了一眼华良，说："你是华良。"

"你是老七。"华良也咽下了一口酥香的葱油饼。

老七挠挠头，从他头皮上掉下来的头皮屑，像雪一样铺在桌子上。老七仍旧一口干了杯里的酒，说："大名鼎鼎的华良探长来瞧我这个没有名姓的小人物，真是三生有幸。"

莫天从怀里掏出烟斗来叼上，瞥了一眼老七，说："你看漏了，还有我上海滩第一神探，莫天。"

老七和华良嘴里都在嚼着食物，谁也没有接莫天的话。后来，倒是华良先开口了，他说："我来问几个问题。杨帆你晓得吗？"

老七又端起了酒杯，这回他喝得很少，只是抿了一下，说："杨帆，这个人背景很深。"

"他被绑架了。"华良的脸上没有任何表情。

老七又挠了挠头皮，桌子上的雪片铺得更开了："为什么要同我讲？"

华良仍然没有表情，他把吃了半截的葱油饼和一颗子弹壳一并放在了桌子上，只是说："绑架他的人，你知道不知道？"

老七也把酒杯放在了桌子上，子弹壳在灯光下闪闪发亮："G-41半自动步枪，好枪。"

"你认得？"

"德国沃尔特公司设计的一批样枪，能用这种外国货的人不多，要么特别有钱，要么就有做过外籍雇佣兵的背景。"老七撕了一只鸡腿，咬了一大口，继续说，"黑市上很少见，一般都是从国外直接进来，偷运。"

高婕看了一眼老七，又看了一眼华良，问："你的意思是，这帮悍匪很有可能做过外籍雇佣兵？"

"野国。"

老七只说了这两个字，他把最后一杯酒一饮而尽，突然有了一些醉意："就冲这颗子弹和他们的做事风格来看，只能是野国了。"

华良和高婕对视了一眼，他在想，原来那伙人就是野国，以往只是听说有这么一伙人，没想到，竟然开始在上海活跃起来了。

按老七的话说，野国不仅是一伙悍匪的代号，还是一个国度。没有人真正到过野国，但野国的传说一直在流传着。野国为首的两个人，一个叫军野长，一个叫军野扬，他们早年在国外做过雇佣兵。他们从不与国内的黑帮有交集，做的都是杀人抢劫的快活，凶悍程度足以令其他黑道帮派退避三舍，就连青帮的杜先生也要礼让三分。

"你最好不要碰野国的人,惹不起的。"老七伸了个懒腰,目光紧紧盯着华良,"据说之前他们在上海吃过一次大亏,保不齐这回就是来寻仇的。"

"吃了什么大亏?"华良追问。

老七把鸡腿吃得干干净净,然后他嘿嘿一笑,说:"如果能见到传说中的野国杀手,到了阴曹地府都有吹牛的资本。"

"你不是早就见过了么。"华良其实并不知道老七见没见过野国的人,他只是觉得,老七帮杨帆做过事,也许能撬开他的嘴。也许老七说的吃大亏,对案件的推动有帮助。

老七愣了一下,说:"我可没见过,也什么都不晓得。"

"杨帆可是你的老板,他的事你多少总是晓得的。"华良说。

"我听不懂你在讲什么。"老七做了个"钱"的手势,说,"我的老板是这个。"

"我们已经查得一清二楚了,你的,包括桑葚的。"华良也比画了个"钱"的手势,说:"你要是坦白了,我非但保你无事,这个也会有。"

老七深呼吸了一口气后,才缓慢地说:"神探华良果然名不虚传,桑葚你都查到了。"

"说说吧。"华良看上去成竹在胸,"野国吃的大亏。"

"沈千山的生意做大了,觊觎的人自然是会有的。"老七挠挠头皮,说:"后来沈千山的货就被野国的人给盯上了,也不知道中间是怎么回事,反正最后在交易的时候野国就中了他们的埋伏。"

华良挥了挥手,桌子上的东西就撤掉了,同时撤掉的,还有那半张冷掉了的葱油饼。华良点了一支烟,他也给老七点了一支,在吐出第二口烟雾的时候,华良说:"他们现在要的是你。"

老七愣住了,他早就应该猜到的,要不然华良为什么要这么劳师动众地来拘留室看自己呢,难道仅仅是为了喝口酒聊几句天么。

"想不到,这么快我就要去阎王殿了。"老七拗断了一根筷子,撕了一截当牙签。老七自然是明白人,去见野国的人,自己八成是个死。这么一想,他的醉意就更浓了。

"我会全力保你安全的。"华良说,"另外,你犯法的勾当都会一笔勾销,考虑一下。"

"我以前去过一趟国外,那儿有一种撒了糖粉的面包,我很喜欢吃。"老七讲完,就站了起来,他走到高婕面前,把嘴里的酒气都吐在了高婕的脸上,"姑娘,你能替我去买一个吃么?"

这个时候,监狱外面响起了狼犬的叫声,监狱一下子就热闹起来了。

7

　　高婕还是从霞飞路一家叫"林深西点"的西点房,给老七买来了一个撒了糖粉的面包。这种面包只有这儿有卖,它还专门有个名字,叫"糖包"。她真是想不通,老七浑身上下就一野蛮人,竟然还能高雅一回。高婕进来时,林深西点的服务员阿生正往其中一个面包上撒糖粉。这个时候,一个高个儿男孩从高婕身旁跑了过去,把一串银铃般的笑声扔进了她的耳朵。

　　高个儿男孩把手里的面包揣进了口袋,露出了一个纯粹的笑容。他看了一眼高婕,眼睛清澈而明亮。高婕对他笑了一下,而后在服务员阿生的面前站定,问起:"我想买一种撒了糖粉的面包。"顿了顿,她又问,"是这种吗?"

　　阿生见高婕的手正指着一块糖包,抬头眯着眼睛看高婕,她显然是愣了一下的,不过很快,她就取过一张包装纸,把糖包包了起来。

　　高婕接过糖包,再次朝高个儿男孩的方向望了一眼,转而对阿生说:"就这一种吧?"

　　"就这一种。"阿生微微笑了一下,又自顾自地忙活了。

　　高婕注意到,阿生的眼眶凹陷得很厉害,且刚才她抬头看自己的时候,是眯着眼睛的——她是个高度近视患者。

高个儿男孩坐在位置上喝着饮料，偶尔也会瞄一眼高婕。高婕出门的时候，玻璃门晃了很久才静止，高个儿男孩和阿生似乎是熟识，打趣着往嘴里塞了一片烟叶。与此同时，对面眼镜行出来的人对阿生喊了一句："阿生，修好了。"

阿生付了钞票，戴上了眼镜，她清晰地看见高个儿男孩收住了笑容，把剩下的饮料一口吞掉了。这个高个儿男孩的名字叫"番薯"，他也不知道自己为什么要叫番薯，从小到大，别人都是这么称呼他的。所以，番薯也就接受了"番薯"这个名字，就好像茄子接受了"茄子"的名字，南瓜接受了"南瓜"的名字一样。番薯当然也是知道的，将来还会有别的小孩子出现在上海滩的每一条街道，他们也许会叫"土豆""青菜""西红柿"……他们也一定有一段痛苦又美好的记忆。

番薯的这段痛苦又美好的记忆，是从他六岁的时候开始的。他不知道自己来自哪里，只知道，自己是在一座岛屿上长大的。说是岛屿，其实也就是一座小岛，那儿生活着很多很多人。番薯喜欢在小岛上生活，至少比现在要开心。番薯喜欢去春奶奶家吃一碗叫"乌冬"的面，也欢喜去黑胡子爷爷家听他讲故事。

小岛上的人每天都在笑，他们无忧无虑，好像从来就没有心事。更重要的是，所有人都是客客气气的，谁也没有小心思，饿了大家一起做饭，下地了大家一起干活，没有阶级，每个人都是平等的。番薯也没有心事，他觉得这样的生活真好，就算是一辈子不出小岛他也愿意。番薯是后来才认识的茄子和南瓜，他认识他们的时候，已经是在小岛里的集训营了，他们都是孤儿。

番薯并不觉得集训营很苦，他虽然身体上是苦的，是累的，但他的心里却感觉到温暖，这儿有家一样的感觉。在番薯的眼里，"长妈妈"军野长一身军大衣十分潇洒，军野扬也同样的帅气，他希望自己可以成为他们那样的人。

不仅是番薯，集训营里的每一个人都希望自己能成为军野长和军野扬。番薯是很喜欢嚼烟叶的，每次受伤他都会嚼一片烟叶，好像嚼了烟叶伤口就不会痛了一样。其实嚼了烟叶伤口仍然是痛的，只不过他们都见到过军野扬受伤的时候，就是这样嚼烟叶的，他嚼了烟叶，脸上就会露出笑容。番薯忽然觉得，嚼了烟叶，自己就和军野扬一样了，所以他也露出了笑容，也成了一个勇士。

番薯在集训营里还认识了很多人，其中和他关系最好的，是睡在他上铺的白茶和隔壁的苦瓜。番薯每天都会和白茶、苦瓜一同训练，他们练习跑步、摔跤、攀登，还练习枪械和刀技。番薯和白茶、苦瓜会在晚上一起躺在草地上看星星，小岛上的星星是最亮的。

番薯嘴里嚼着一片烟叶，苦涩的味道充斥着他的口腔，这让他觉得十分过瘾。所以他把剩下的两片烟叶递给了白茶和苦瓜，他看着他们把烟叶放进嘴里，一点一点咀嚼着。然后，番薯就笑了，说："今天晚上，星星真好看。"

白茶吐掉了烟叶，说："今天晚上，不只星星好看，烟叶也更难吃了。"

后来，他们就打起来了。他们打了很久，嘴里还不住地"啊呀啊呀"叫嚷着，直到每个人都头破血流，精疲力竭。在这场打斗里，番薯胜出了，他十分开心，因为这意味着，他将成为野国真正的战士，将有机会成为英雄。

番薯知道，在别的星空下，同样有这样的打斗。等天一亮，胜利的人就可以获得出岛的权限了。没胜出的人则要留在岛上，担任野国的护卫工作。但无论如何，他们都在为守护野国而战，他们也都以此为荣。但出岛就意味着可能随时随地会丢了性命，番薯自然也懂。可他们还是愿意争先恐后地去赴死，因为在他们的心中只有一个信念，那就是获得胜利，为野国的前途而战。

现在，番薯十五岁了，他是十三岁的茄子和十一岁的南瓜的哥哥，他们都是在那片星空下胜出的人。他们来到了上海，不清楚将来还要去哪儿，但他们都想回小岛上去，因为那儿有春奶奶的乌冬面，也有黑胡子爷爷的故事，那儿还有温暖得一塌糊涂的阳光。

番薯走出林深西点的时候，往口袋里放了一个糖包，似乎一眨眼，他就从街角消失掉了。服务员阿生还在忙着给面包撒糖粉，她一直没有和番薯讲话，她在想一件事情，没有眼镜真是太不方便了。

高婕买回来的糖包，老七只尝了一口，他还来不及吃完，就坐上了巡捕房开过来的一辆轿车。不过，老七本来也不打算吃完，天晓得以后还能不能再吃到了。

此时，天色已经完全大亮，距离绑匪约定的交易时间，还剩下两个半小时。华良和老七坐在同一辆车里，他们谁也没有说话。

天灰蒙蒙的，老七摇下车窗，深深吸了一口气，淡淡地说："监狱外面的空气可真好呀。"

8

十点半一到，绑匪就在杨帆的府邸现身了。

一个穿着军大衣和皮靴的人向杨府走来，这个人走得很缓慢，脚步很沉稳。

"华良探长唱的这出'十面埋伏'恐怕要哑了。"来人在华良面前站定，摘下了黑色手套后，给了华良一抹浅淡的微笑。

华良确实没有想到，站在自己面前的这个绑匪，竟然是个女人。他摆摆手，埋伏在周围的巡捕们就往后退了一段路。

女人给自己和华良各点上了一支烟，白颜色的雾气缓缓升腾，然后她说："我是军野长。"

"这烟可真难抽。"华良瞧着没有烟嘴，只是烟叶卷住烟丝的香烟，说："抓住你，我是不是就能去换回杨帆了？"

"我相信，华良探长一定不会想要一个死了的杨帆。"军野长走到一根柱子旁，倚了上去，说："我听说，华良探长可不是一个会过日子的人，省不了钱。"

华良也笑了，他朝莫天使了个眼色，莫天就把一个沉重的箱子放在了军野长的面前。莫天打开箱子，里面金灿灿的大黄鱼排列得非常整齐。

老七是在莫天合上箱子的时候出现的，他朝军野长看了一眼，一句话也没有说。

"你，跟我走。"军野长吐出了最后一口烟气，她提了箱子，走在老七的后面。

"且慢。"

华良在军野长和老七还没有走出大门口的时候，把他们叫住。眼看天就要下雨了，华良换了一支烟，说："我什么时候能见到杨帆？"

军野长没有转身，她就立在门口，抬头仰视湛蓝色的天空，说："看来华探长是个心急的人。"

"难道不该礼尚往来么？"华良顿了顿，说，"我相信，野国也是讲信用的。"

军野长这回转身了，她的目光紧紧迎合着华良的目光，许久，她说："野国是我们每个人都会誓死守护的地方，当然讲信用。"

华良的目光十分锐利，像是要洞穿军野长的每一寸皮肉一样，他吸了一口长长的烟气，说："所以，杨帆呢？"

"该见的时候你自然就会见到了。"军野长再次看了看华良俊朗的脸庞,说,"华探长,后会有期。"

军野长和老七出门的时候,一辆黑色的庞蒂克汽车不知从哪儿行驶了过来。一个穿军大衣的男人摇下后座的窗户,他笑嘻嘻地探出脸,然后把两颗手雷掷了出来。

巡捕房的人从来没有这样整齐划一过,齐刷刷地趴在地上,活像一群蚂蚁。

华良仍旧立在那儿,把最后一口香烟吸进了肺里,然后他说:"你们见过手雷有不拔引线的吗?"

众人这才反应过来,手雷是假的。其中一名巡捕赶紧发动了汽车,然后向华良请示:"探长,我们追吧。"

华良笑了一下,他说:"再等等。"

"等什么?"

"下雨。"

华良说完,朝天空望去,一朵朵乌云正在缓缓聚拢,他晓得,报纸上的天气预报是准的,今天果然要下雨。这个时候,高婕从拐角处走出来,她穿了一双平底鞋,朝华良扬了扬嘴角。

"搞定了?"莫天把枪收好,向高婕询问。

高婕做了一个"OK"的手势,然后,他们三个人就都露出了笑容。

在华良带着老七来和军野长见面之前,他就料想军野长是会有接应的。高婕老早就发现这辆停在隔街的庞蒂克汽车了。轿车的车头是朝杨府相反方向的,车上的人正在看一份报纸。但是,这份报纸他已经看了很久了都没有翻动一个版面,这让高婕感到有些古怪。她多看了汽车一眼,发现汽车的车轮痕迹不对劲,在汽车的后轮,有一个明显的急转弯轮痕,这样的急转弯,如果只是为了把车停下,在车上看个报纸,太突兀了。于是,高婕偷偷往车底放了一包东西,按照莫天的说法,这个东西叫作"无水硫酸铜粉末"。

军野长既然想全身而退,一定不会让自己有尾巴的,所以,她肯定会想方设法阻止巡捕们去跟车。高婕放的无水硫酸铜粉末,那是一种白色粉末,平常看不出来,一旦遇水,就会变成蓝色。

华良又看了看天,说:"要下雨了。"

华良说完,雨果然就下了下来。

华良站在雨中,雨滴打湿了他的头发和眉毛,然后,又打湿了他的衣服和鞋子。这个时候,雨开始大起来了,路面上隐隐约约显示出蓝色来。现在,华良就可以行动了,因为显现出蓝色的路就是野国汽车行驶过的路。

"追!"

华良和莫天、高婕都上了车,他们率先追了出去,后面紧跟着其他巡捕们的车。雨越下越大,路面的蓝色也越来越明显了。华良知道,一定要在最短的时间内追上并锁定军野长等人藏匿的位置,否则,雨会把无水硫酸铜粉末冲刷干净。

后来,华良的车停在了一间废弃的染布厂门口,蓝色是在这里消失的。

华良下了车,他的手枪已经上了膛。巡捕们纷纷向两边扩散,对整个染布厂形成了包围之势。

华良是用脚把门踹开的,他踹得很用力,以至于把染布厂生锈的大门踢出了一个凹痕。华良带人冲进去的时候,并没有发现汽车,也没有发现任何一个人。

"探长你看。"

一个巡捕发现了那包剩余的无水硫酸铜粉末,他把它拿了起来。

"不要!"

华良话音刚落,随即一声巨响,巡捕手里的那包无水硫酸铜粉末爆炸了。巡捕被炸得粉身碎骨,离他近的几个巡捕也被炸得遍体鳞伤。华良晓得,这是军野长发现以后,对自己的一个警告。

显而易见,军野长是不会在这儿留下什么蛛丝马迹的。华良搜遍了整个染布厂,也仅仅发现了一堆早就干涸了的血迹。

"这说明人还活着,死了他们就没必要带走了。"高婕给站在雨里的华良撑了一把伞。

其他受伤的人已经送医了,华良向被炸死的巡捕鞠了一躬,雨水从他的头发上滴下去,他听见了哗哗的雨声从四面八方响起,并且,越来越响。

9

军野长一伙人,彻底在华良的视线里消失了。

华良又回到了沈千山家,一切全都要从头开始了。对杨帆案有帮助的老七,已经被野国的人带走,这条线彻底断了,所以,他决定从沈千山案着手。

华良再次绕着沈千山的小洋楼走了一圈,最后,他驻足在了收藏间。从已知的证据来看,沈千山和杨帆是有勾结的,一个买卖货,一个负责进出口。新型的毒品只有缅甸人有,但沈千山不会缅甸语,他也没有能和缅甸人接上头的中间人,因为他并不做外国生意,也不接触外国人,那么,他的货源又是从哪来的呢?

但如果,沈千山真是从那伙缅甸人手里买货的话,又是谁帮他牵的线呢?所有的谜题如同一个打结的线团,缠绕在华良的脑中。现在,他要把这个线团一点点解开,理顺。

巡捕找来了曾经做过沈家管家的老九爷,听老九爷讲,沈千山和博诺一直都有生意上的往来,他收藏的很多古董都是通过博诺买到的。不过令老九爷深感奇怪的是,被抢走的这些古董,都是杯子一类的东西,但其他更加值钱的却没有拿走。老九爷还讲了,其中最要紧的,是一只"金瓯永固杯",那是沈千山花了大价钱从博诺那儿买来的,沈千山顶喜欢这个东西,每天都会把玩。

华良觉得有必要拜访一下博诺,至今为止,杨帆、沈千山和老七都和毒品串上了,野国单纯抢走杯子一类的古董很值得推敲,也许,古董商博诺会告诉自己,这些杯子类的古董有什么奇异之处吧。

此时,一滴雨水从屋檐落下,在华良的脚边碎成了花。

杨帆是被人推着进入一间仓库的,他狠狠摔倒在了地上,镣铐发出丁零哐啷的响声,在他的耳边回响着。杨帆整个人躺倒在小仓库里,他实在不愿意动弹了,所以,他闭上了眼睛。这让他想起了曾经在一座小岛上的生活,也是这样的遍体鳞伤,但那个时候,他是十分开心的。

这儿是军野长的新藏匿地点,没有任何人晓得。

军野扬是最后一个进来的,他就是那个笑着丢下炸弹的英俊男子。军野扬在杨帆面前蹲下来,笑着说:"老搭档,既然你不愿意讲出桑葚是谁,那就把货的下落告诉我们。"

杨帆没有开口,他甚至都没有睁开眼睛去看军野扬。

军野扬仍旧笑着,继续说:"杨帆,你的新搭档死了。"

这一次,杨帆把眼睛睁开了,他看着军野扬笑眯眯的脸,心里怔了一下。

"沈千山死了。"这是军野扬说的第二句话,他一扬手,茄子就拿来了一堆古董,他把这些古董放在了杨帆面前,说:"全杀了。"

杨帆抬头看着军野扬，他的呼吸明显变得沉重。

"怎么样，打算说了吗？"军野扬的目光十分犀利。

杨帆没有说话，他也不敢和军野扬对视。

这个时候，军野扬朝番薯使了个眼色，番薯就从脚踝处拔出了一把短军刀，在杨帆的手腕上割了一刀。杨帆的手腕开了一道口子，像是一张微微张开的嘴，血从这张嘴里泅出来，越来越浓。军野扬的笑容始终挂在脸上，他说："你有半个小时可以想。"

杨帆感觉自己整个人都僵硬了，在他的眼中，手腕已经变成了红色，地上也是一摊红色，照这样下去，用不着半小时，自己身体里的血就会流得一滴不剩。杨帆的牙齿在打战，他已经快哭了："我就是收了点钱负责过关的，其他的我真不清楚。"

军野扬站了起来，朝番薯说："把人带上来。"

老七是蒙着眼睛被带上来的，扯掉黑布之后，他和杨帆对视了一眼。军野扬摸了摸杨帆的头发，说："这个人你一定认识，他叫老七，是你的手下。"

番薯推了一把老七，老七就和杨帆一样，摔在了地上。这个时候，门被推开了，又进来一个人，是个折纸的女人。女人折的是一朵玫瑰花，她分别朝老七和杨帆笑了一下，什么话也没有讲。

杨帆的心跳越来越快了，他不清楚野国是怎么知道这些的，老七的出现，让他整个人都垮掉了。

"我们来谈谈吧，老七。"军野扬的脚踩在了杨帆的手臂上，这让杨帆哀号了一声。

老七看了一眼放在桌上的红酒，他为自己倒了一杯。老七是一口喝干净的，他的眉头皱得很拢，缓和了下呼吸后，他说："我只是一个死人。"

番薯用枪抵住老七的脑门，说："信不信我现在就打死你。"

老七的目光直直望向军野扬，说："这孩子一直都这么毛毛躁躁吗？"

"怎么样，打算讲了吗？"军野扬挥挥手，番薯的枪就移开了。

老七瞧了一眼伤痕累累的杨帆后，说："沈老板说过，你们有无尽的秘密，你就招了吧，这样对你我都好。"

杨帆调整了下坐姿，在他的眼中，老七额头上是有青筋凸出来的。他说："我没东西可招。"

老七没有接杨帆的话，他从口袋里拿出了那个只咬了一口的糖包，说："那我们只能等死了。"

老七并没有咬下去，糖包是从他手里一下子掉在地上的。他圆睁着双眼，看到军野扬收起了一把手枪，还看到一颗子弹射穿了自己的胸膛，一股鲜血流了出来，殷红色的，像新开的梅花。老七没想到的是，死来得很快，根本不需要等。他的身体向后倒了下去，他把眼睛闭上了，什么也不知道了。

军野扬踩扁了糖包，将它塞进了老七的胸口，说："路上慢慢吃。"

军野扬收起枪的同时还收起了一个浅淡的笑容，他一摆手，身后的几个孩子就把老七的尸体拖下去了。他把脸凑到杨帆的耳朵边，用阴冷的口吻说："我们谁都舍得杀，也谁都能杀，你最好讲实话，你没多少血了。"

老七的死，杨帆是万万没有料到的。他听到了军野扬放肆的大笑，这让他浑身的汗毛都立了起来："金瓯永固杯，金瓯永固杯里有秘密。"

军野扬把脸凑到杨帆面前，说："所有杯子我们都检查过了，什么都没有发现。"

"金瓯永固杯的内侧，有一个套环，只要拉动套环，再旋转内壁，就会发现一个夹层。"杨帆说话的语速很快，他明显有些头晕了，地上的那摊鲜血也越来越大了："镶满珠宝的就是金瓯永固杯。"

军野扬照做了，他小心翼翼地打开金瓯永固杯，并且发现了夹层，里面有一张纸条。

这时候，折纸的女人把刚折完的纸玫瑰放在了杨帆流血的手腕上，血把白颜色的纸玫瑰染成了红色，鲜艳夺目。

一直没有发话的军野长，从军野扬手里取过纸条，读了出来："2——7——8，什么意思？"

"坐……坐标点。"杨帆的说话声越来越轻了。

"那么，另一个坐标点呢……"军野长把目光投到了杨帆的身上。

"你们为什么要分开放置坐标点？"军野扬替杨帆整理了下衣领。

杨帆有气无力地回："生意人都是有心眼的。"

"说，另一个坐标点在哪儿？"军野长再次问起，她晓得，这批货价值巨大，杨帆和沈千山都没有完全信任对方，他们也需要互相牵制。

而此时的杨帆，意识已经越来越模糊了，他含糊不清地喊着一个人的名字："博诺……博诺……"

军野长盯着金瓯永固杯看了很久，说："看起来，我们还有一个朋友。"

此时的仓库外面，大雨如注。

10

博诺死了。

博诺是死在自己家卧室里的，发现他尸体的是华良一行三人。华良从沈千山家出来以后，就和莫天、高婕来找博诺了解情况。他们发现博诺死时正躺在他卧室柔软的地毯上，身上覆盖着一大堆玻璃碎片。

凶器是一把手掌长度的水果刀，并不是凶手带来的，而是本来就在博诺房间的。凶器就插在博诺的尸体上，和博诺一样，都是一动不动的。

博诺是上海军械司的军事顾问，但他很少去单位上班，他愿意把自己锁在卧室或者书房里面，和整个世界都隔开来。巡捕房很快就查明了博诺的档案资料，他来中国有五个年头了，此前一直是以外交官的身份待在其他国家，尤其是缅甸，去的最多也待得最久。此外，博诺作为法国的代表曾经游走于世界各地，他喜欢古董，逐渐建立起了一个圈子，经常倒卖、走私世界各地的古董。

高婕开始对博诺的尸体进行初步的检查，从尸斑和尸僵来推断，博诺是在沈千山死后两个小时被杀害的。华良环顾四周，首先窜入眼帘的，是放在右侧床头柜上的一个透明玻璃花瓶，花瓶里并没有插着花。床头柜两侧都没有打斗的痕迹，唯独临窗书桌上的东西凌乱不堪。华良从地上捡了一块玻璃碎片，同床头柜上的那个玻璃花瓶进行比对，说："这是一对。"

"我知道了，一定是凶手用花瓶砸死博诺的。"莫天拍拍胸脯说。

"莫大神探，你过来看。"华良指着博诺尸体上的伤口说。

"致命伤在心脏，心脏处被人连刺七刀，仅有一刀是直直刺进心脏的，从伤口的深浅程度来看，行凶者的力道明显显小，我怀疑是女性作案。"高婕顿了顿，抬头望向莫天，说，"既然已经砸晕了，为什么还要下七刀呢？何况，花瓶造成的伤口周围相对干净，肉外翻度不高，如果是死前造成的伤口，伤口会呈深红色，周围是有散血的。"

莫天恍然大悟，说："花瓶是在博诺死了以后砸碎的。"

"你们来看。"高婕将博诺的尸体翻了个身，柔软的地毯一下子就暴露在了三人的眼中，"尸体底下并没有玻璃碎片，如果花瓶砸碎的时候博诺还活着，那么四处飞溅的玻璃碎片一定会被他的身体压住一些的。"

"肯定是凶手不确定博诺死没死，再给他来一下。"莫天从地上捡起一块玻璃碎片，说，"但是，写字台上就有花瓶，凶手为什么要舍近求远从床头柜拿花瓶呢？"

"确定博诺死没死是可以摸心跳探呼吸的，不过……"华良也捡起一块玻璃碎片端详起来，"你说得对，凶手舍近求远一定是有万不得已的原因的。"

华良望着写字台上的陶瓷花瓶和碎了一地的透明玻璃花瓶，实在觉得奇怪。

高婕点点头，说："拿些回去化验一下，也许就能发现问题所在了。"

在博诺房间窗户的外面，华良发现了有攀爬的痕迹，而窗户的锁也有被撬过的迹象。华良用手指丈量着脚印的长度和宽度，并且，攀爬上来的脚印很浅，于是他说："溜进来的是个女人，窗户的锁没有遭到太大的破坏，看样子是个惯偷。"

"这就和野国的作风不符合了，野国不会做这种偷偷摸摸的事情。"高婕向窗口望去。

"不是野国的风格。"华良再次打量起房间来，他发现写字台上的茶杯碰倒了，但茶杯旁边的东西却完好，"这个女人行事似乎有些慌张，他们之间有过搏斗，但从博诺倒地的地方来看，他们没有触碰到写字台，应该是女人在翻找东西的时候不小心碰倒的茶杯。更重要的是，凶器是现场所有，并不是凶手自带的，这说明凶手是临时起意，而她慌乱中也没有取走凶器。"

"伤口呈交叉状，伤口附近有少量划痕，佐证了这一点，凶手的确是情急之下采取的杀人措施。"高婕补充道，"伤口的血液是顺流出来的，也呈现出滴落状，但只有致命伤的血液属于喷射状，这也能说明，凶手本无意杀人。"

在写字台的上方，有一幅挂画，正好对着博诺的眼睛。于是，华良取下了挂画，在挂画后面竟然藏着一个做工极其精致的杯盖。华良饶有兴趣地拿起杯盖，说："人在临死前，眼睛往往会不自觉地朝着自己认为重要的地方看，看来这个杯盖很重要。"

"有杯盖，那么，杯子呢？"莫天翻遍了博诺的房间也没有发现杯子。不过，他在靠近床头柜的地毯上倒是发现了一些白色的粉末。

高婕取了一点样品，闻了一下后，说："和新型毒品很像。"

华良深锁眉头，看来，凶手是冲着海洛因来的，他想。

"看来，和缅甸方面联络的人就是这个死掉了的法国人了。"高婕顿了一下，对华良说，"既然能做古董的供货人，那么自然也能做毒品的供货人了。"

安德森很快就到了，博诺的尸体已经被安排抬去巡捕房。安德森突然感到有些胸闷，又死了一个高官，这让他如坐针毡。

安德森拍拍华良的肩膀，说："博诺身份非同寻常，一切都拜托了。"

华良还没开口，倒是莫天先开口了，他拍了拍脑瓜，说："包在我福尔摩斯·莫的身上了！"

沈千山的管家老九爷是和安德森一块儿到的，是华良特意嘱咐安德森把他带过来的。老九爷一看见华良手上的杯盖，他说："这是金瓯永固杯的盖子。"

"真是越来越有意思了。"华良眺望着远方更黑的夜色，也许那儿正藏着一个真相。

11

公董局被记者们长枪短炮堵得死死的，上海滩已经全面封锁，军野长等人是半步也不能离开了。

华良等人仍旧留在博诺的住所进行细节勘验，现在的他，不愿意放过一丝一毫可能对案情有所帮助的蛛丝马迹。高婕的化验结果已经出来了，他们在博诺房间所发现的毒品样品和之前他们化验的新型毒品完全吻合。

此时，三个男孩不小心把球踢进了博诺的住所，他们叫嚷着要拿回球，莫天亲自把球丢给了男孩，并走到他们面前说："去远一点的地方玩，要是再来，我把球打爆。"

其中一个男孩看着莫天的脸，突然露出了一个邪魅的笑容，说："你没有机会了。"

莫天想再说话的时候，三个男孩都扔出了烟幕弹。在白色烟雾中，一辆黑色的庞蒂克汽车猛然间冲过来，车上的男人一把就掳走了莫天。华良想追的时候已然来不及了，但他看清楚了，那个掳走莫天的穿军大衣的人，分明就是上回扔手雷的男人。

从莫天的口袋里，掉出了桑桑送给他的折纸玫瑰，华良捡起来的时候，身旁去过陌上桑的巡捕就告诉他，这是桑桑姑娘折的。华良摊开来看，突然发现，这朵折纸玫瑰的折叠方式，竟然和杨帆办公室发现的档案纸的折叠方式一模一样，虽然都采用了普遍的风琴四折，但摊开以后可以发现，还有几道斜向的不规则折痕。

站在华良身边的一个巡捕揉着眼睛，说："探长，会不会和上海全面封锁有关？"

华良似乎没有听到巡捕的问话，他望着庞蒂克汽车远去，再一次陷入了深思。杨帆还在野国手上，他们用杨帆来威胁会比莫天更有用处，莫天虽说是个阔少爷，但政府并不需要卖莫家的面子；杨帆不同，说到底，他代表着政府自己的脸面。

那么，野国抓走莫天最大的可能性就是，牵制自己来彻查此案，华良想。然后，他把纸玫瑰揣进了口袋，呢喃道："陌上桑……"

莫天被军野长带到仓库的时候，上海的雨已经有些小下去了。莫天和老七一样，都是被蒙着眼睛带进来的，在他扯下黑布的时候，他听到军野长冷冷地笑了一声。

军野长拍了拍莫天的肩膀，说："听说你不仅是华良的助手，还是莫氏银行的少东家。"

"我希望你搞清楚，华良，他是我的助手。"莫天环顾四周，在几个大人和孩子中间，他一眼就看见了一个正在折纸的女人。莫天皱了一下眉头，对女人说："原来你是野国的人。"

这个折纸的女人，正是陌上桑花店的老板娘。老板娘没有去看莫天，她手里的纸玫瑰快要折完了："军野桑，我的名字。"

莫天咬牙切齿，他后悔没有早点识破，那样就能直接把军野桑抓进巡捕房了。军野桑把一朵折好的纸玫瑰插进了莫天的上衣口袋，轻轻拍了两下，然后说："送你了。"

莫天望着军野桑的背影缓步离开了仓库，这时候，有两个粗犷的男人一左一右架住了他，把他带去了一间阴暗潮湿的地下室。在经过其中一个房间的时候，莫天见到了奄奄一息的杨帆，他挣脱开了男人的手，跑到了杨帆的面前。

杨帆的呼吸很微弱，但嘴巴似乎在说些什么。莫天凑上去听，却什么也听不清楚，只不过，他闻到了一股说不出的气味。

很快，那两个男人就又把莫天架住了，他们仍旧朝地下室走去。

地下室里只有一盏昏黄的电灯,电灯的瓦数很低,以至于莫天在下台阶的时候差点儿踩空。莫天还嗅到了一股难闻的气味,他猜想,一定是那儿死了几只老鼠。

两个男人把莫天推了进去,然后,地下室的门就关上了。

"番薯。"军野扬从军野桑的身旁走过,对番薯说,"等事情处理得差不多了,你去把他们做掉。"

番薯点点头,他拔出了绑在小腿上的匕首,开始擦拭。

"记住,老地方处理。"军野扬说完,伸展了下筋骨。

军野扬朝地下室的门瞄了一眼,那道门坚硬而挺拔。

莫天吐了口唾沫,用袖子遮住了口鼻,想减缓臭气的侵袭。突然,他看见了在地下室最里面,躺着一个人,是老七。莫天喊了一声,但老七没有应答,就连动都没有动一下。

莫天朝四周瞧了瞧,除了老七以外,没有别人了。他注意到,老七的胸口是包扎起来的,还有血从里面泅出来。莫天是费了很大的劲儿才把老七叫醒的,他让老七平躺着,这样能舒服一些:"胸口中枪,这是要你死啊,不过算你命大。"

老七咳嗽了一声,他一咳嗽,胸口就剧烈疼痛着,疼得他眼泪水都流出来了。老七缓和了下身体后,说:"也有一种可能……做给杨帆看。"

"杨帆?你见到杨帆了?"莫天压低了声线,还探身朝外头瞄了一眼。

老七点点头，说："见着了，半死不活的，现在在哪儿不晓得，还见着了一个什么金杯。"

"金瓯永固杯？"听老七提到金瓯永固杯，莫天的眼神都变了。

老七似乎说不动话了，所以他歇了一会儿才继续说："听讲这个破杯子里有个什么秘密。"

"秘密？"莫天挑了一下眉毛。

"好像是数字吧，不过野国的人只解出了一半。"老七有气无力地回答。

"怪不得藏得那么隐蔽。"莫天喃喃地说道。

"什么怪不得？"老七说话突然就有气力了，他觉得莫天一定是知道些什么。

莫天压低嗓音说："有个杯盖。"

老七的牙口很黄，但他仍挤出了一个露着黄牙的微笑，说："那你晓得杯盖上的秘密么？"

"我本来可以知道的，这不是被抓了嘛。"莫天为此深感叹息，"不晓得华生能不能发现这个秘密，要不然它就要躺在公董局发霉了。"

此时，难闻的气味呛得莫天有些胸闷，他咳嗽几声后，说："我们得从这儿出去。"

莫天在地下室待得越久，越受不了那股难闻的气味儿，他开始作呕，他突然觉得，外面的世界一定非常美好，因为雨后的空气是十分清新的。

12

军野桑从仓库出来以后,径直回到了陌上桑花店。

军野桑一路上都在想,那个叫莫天的小赤佬,样子可真滑稽。突然,她立住了,原本夹在门缝中的一小片鸡毛不见了。于是,她用一种很缓慢的语调说:"这位朋友,我还没开门呢。"军野桑把门推开,果然看见一个男人正端坐在店里,他跷着二郎腿,一副漫不经心的样子。

这个男人,正是神探华良。

现在,所有的线索都断了,莫天也被掳走了,只剩下陌上桑这一条线索了。桑桑的折纸方式和杨帆的一样,这绝非巧合,华良甚至怀疑,桑桑就是杨帆手下的卧底,桑葚。原本,他是想直接来拜访陌上桑的老板娘的,可他来的时候,陌上桑花店是铁将军把门,一个人也没有。所以,他就偷摸着进了店,在店里,华良一眼就注意到了柜台上放着的那本小说《金粉世家》和一个盛满纸玫瑰花的瓶子,这让他想起了杨帆书柜里的那一份旧报纸。一个政府要员看时政新闻是很平常的,但巧就巧在那么久了的报纸还收藏着,除了刊登着小说《金粉世家》外,都是些无关紧要的新闻,所以,一定和《金粉世家》有关。

难道,《金粉世家》有猫腻?!

但华良并没有从中找到任何线索，所以，他才决定要在花店里等老板娘现身。

"华探长，你真不客气。"军野桑直视着华良的眼睛。

华良也直视着军野桑，他忽然意识到，这是《金粉世家》里的一段台词，于是他照着说："要什么紧？都是一家人。"

"我不姓金，怎么是你一家人呢？"

"你还打算姓金吗？"

两人说完，在很长的一段时间里，谁都没有再开口。他们说的这几句简短的对话，其实是《金粉世家》第六回里，秀珠和燕西的对白。华良翻过军野桑留在店里的小说，发现只有这一页的翻痕很重，而杨帆那儿的报纸，刊登的恰巧也是这一章节，所以他猜想，这或许就是他们的接头暗号。

华良想用一个问题来打破这样的寂静，但还没等他开口，军野桑便朝他慢慢走过来了。军野桑边走边开始脱外套，她瞧了一眼柜台上胡乱摊开的纸玫瑰花，说："我以为神探华良应该是个怜香惜玉的人，没想到，也是个辣手摧花的主。"

华良笑了笑，说："如果玉里有秘密，我会把玉也碾碎的。"

军野桑把外套挂在衣架上，说："'桑'是我的名字，我叫军野桑。"

"代号'桑葚'。"华良接了军野桑的话，他如此地肯定军野桑就是桑葚,是因为她和杨帆折纸的方式一样,而且,暗号已经对上了。华良接着说:"你就是杨帆派去野国的卧底,他派你去卧底什么?"

"只是监视。"军野桑把那一堆纸玫瑰花再次折拢,一朵一朵重新放进花瓶里,"偶尔也提供他们的一些行动计划,具体杨帆没说。"

"杨帆是死是活?"华良追问。

"活着。"军野桑顿了顿,把脸转向华良,说,"但他现在在哪儿,我也不晓得。"

"他们绑架杨帆的真正目的是什么?"华良继续问道。

"货。"军野桑的话简洁明了,"一批数量巨大的新型毒品。"

军野桑的话,让华良证实了自己的推论,野国的人果然也是冲着毒品来的。

"货在哪儿?"华良正在脑子里把所有的线索捋顺。

"我不清楚,他们抓走莫天就是为了找到货,因为有一个杯盖,那上面有另一个坐标点。"军野桑摇摇头。

"杯盖……"华良明白了,野国的人抓走莫天是认为莫天一定知道这些秘密,"另外,野国被围剿的事你知道多少?"

军野桑接下来讲的,和老七讲的出入不大。沈千山一直都从事着毒品生意,野国曾伪装成商人和他进行交易,实际上也是为了想抢货,黑吃黑。军野桑受命于杨帆,而杨帆和沈千山是一条船上的人,所以,她就把这件事情秘密告诉了杨帆,杨帆和沈千山将计就计设下埋伏,让野国死了很多杀手。

军野长晓得是野国内部有人泄密了,所以一直在追查。军野桑说完,叹了一口气说:"好在我没有暴露,这种刀尖上讨生活的日子,也许我要过一辈子。"

"沈千山小儿子呢?抓他是为了什么?"华良继续追问。

"我不知道。"桑桑再次摇头。

"快去小东门,晚了就来不及了。"军野桑取来纸笔,在上面画了一个地点,"这儿是野国在上海的其中一个临时据点,他们在这儿处死过一些人,手段十分残忍。莫天和老七极有可能会在这儿被杀死。"

华良立刻打电话通知了安德森,让他赶紧派人赶赴小东门进行营救,临出发前,华良问了军野桑最后一个问题:"野国,究竟是什么样的一个地方?"

"世外桃源。"

军野桑不假思索地回答,对于她来讲,野国的确是一个世外桃源。提到野国,军野桑的眼睛里似乎也放出了一些光芒,她说:"野国是一个有温度的地方,如果我不是带着使命去的话,我一定也会对野国死心塌地的,我是说如果。"

"哦?"华良若有所思。

军野桑顿了顿,说:"野国是干净而清澈的,那是每个人的向往。"

军野桑讲完,野国便浮现在了她的脑海里。她和军野长、军野扬一道,被一群孩子围着,孩子们天真无邪,他们叫军野长为"长妈妈",他们一声声地叫,似乎长妈妈真的就是他们的妈妈。军野长也果真像是妈妈一样体贴，她照顾着并且保护着野国的人，就连眼神都是柔情似水的。

见华良没有说话，军野桑就又补充了一句，她说："野国很温暖，像冬天的太阳。"

华良突然想，终有一天，自己的双脚会踏在野国的土地上，到时候，他要亲眼看一看，亲手摸一摸，野国究竟是怎样的太阳。

与此同时，高婕也赶到了陌上桑花店，她把一份检验报告放在了华良面前，说："这是刚送来的玻璃碎片的检测报告，检测结果显示，在玻璃碎片当中，有一片眼镜碎片。"

"去查查博诺戴不戴眼镜。"华良说。

"不戴。"高婕脱口而出，"他的每一张照片都没有佩戴眼镜，而且他的鼻梁和眼眶也没有眼镜压痕。"

华良晓得了，不是被害人的，那就一定是凶手的了。

13

军野桑被捕的消息，是高婕找人散播出去的，还张贴出了告示。这是华良和军野桑早就商定好的计策，由华良假装挟持军野桑，以此来和野国的人进行谈判。

南瓜从外面回来的时候，给军野长带来了军野桑被捕的消息。军野长蹲下来，亲手把南瓜敞开的衣服扣紧。军军野长把南瓜搂在了怀里，对他说："南瓜，去给华良送个口信，今晚十点，陌上桑见。"

"好的，长妈妈。"南瓜重重点了点头，他咧着嘴，一口整齐的白牙露出来。

军野长抚摸着南瓜的脑袋，说："去吧。"

南瓜很开心，他是三个孩子里年纪顶小的，可现在他觉得，他比番薯和茄子都要厉害，长妈妈亲自给自己下任务。所以，他朝番薯和茄子望去，对他们做了个鬼脸。

番薯和茄子冲他吐了吐舌头，还翻了个白眼。

南瓜是大摇大摆从废弃仓库走出去的，他记得在自己出去以前，军野长还在他的耳边嘱咐了几句。南瓜走进了雨中，他觉得这场雨来得真好，在野国，他也是这样走在雨里的。他喜欢走在雨里，这样他就不用洗澡、不用洗衣服了。他就这样走，一直走到了霞飞路的巡捕房。

南瓜是开门见山对华良讲的，他说："今晚十点，在陌上桑，我们老大要和你谈一笔交易，就你一个人去。"

华良没有答应也没有拒绝，他多看了这个孩子一眼，他记得他，劫走莫天的那三个孩子当中，有他。

"杀沈千山的人里面，有你吧？"华良目测了南瓜的脚长，他一下子就明白了，在沈千山家留下的那个小脚印并不一定是女人的，也有可能是面前这个孩子的。莫天的猜测是有道理的，脚印大的是大人，小的就是小孩。

南瓜笑了一下，说："只要是野国的行动，哪里都有我。"

雨一直都在下，南瓜笑得很开心，他说："我是野国的骄傲。"

南瓜回去后，华良立即与安德森取得了联系。华良在简短汇报了南瓜来的目的后，说："野国不是一般犯罪组织，万一这是声东击西，那可就得不偿失了。"

"册那。"安德森狠狠捶了一记桌面，说："被他们牵着鼻子走真不舒服。"

华良觉得安德森的上海话说得越来越地道了："调集各巡捕房的警力，埋伏在公董局以防万一，现在，野国已然知道杯盖在公董局，我怕他们又要乱来。"

安德森挂断了电话，他把秘书叫到跟前，冲他吼道："去，派人埋伏在公董局和杨府门口，册那，都机灵一点，我们要打个漂亮的翻身仗。"

秘书出去后关上了办公室的门，他关门的时候，安德森又在骂"册那"了。

晚上十点整，陌上桑花店门口，华良正在踩熄一支香烟。

一辆黑色的庞蒂克汽车向华良驶来，车灯将华良的人影拉得很长。汽车停在华良的左边，从上面下来一个人，是军野扬。华良注意到，庞蒂克汽车的两侧悬挂着长长的黑布，车头有很大的一个凹痕，他猜测这辆车就是之前撞杨帆车的那一辆。

"神探华良果然有胆识。"军野扬撑开了一把黑色的长柄雨伞，和华良面对面站在雨里。

华良续上了一支烟,在吐了一口烟气后,他说:"把莫天放了,如果你不想军野桑死的话。"

军野扬一只脚搁在汽车的踩板上,朝华良的脸看了很久,然后说:"看来神探也有脑子不够用的时候,你别忘了,我们手上可不止莫天一个人。"

"如果你们真有诚意,就先放了杨帆,一码归一码,再用莫天来和我交换军野桑。"华良自然是不太相信野国了,毕竟上一回老七和金条并没有把杨帆换出来。

"你要是不放了军野桑,我立刻送他们归西。"军野扬注视着华良轮廓分明的脸。

"那么,你们永远也得不到你们想要的东西。"华良吐出的烟雾被雨水打湿,逐渐散开。

"我最后再讲一次,放了军野桑,交出金瓯永固杯的杯盖,否则,你会后悔的。"军野扬浑身的骨头都在咯咯作响。

"你试试。"华良注视着军野扬,眼睛炯炯有神。

军野扬捏紧了拳头,把长柄雨伞一扔,整个人就向华良压了过来。一只浑身湿透了的野猫目睹了这一场打斗,它"喵"的一声蹿到了一个低矮的窗沿上,眼睛死死盯着雨夜里的两个拳脚相向的男人。野猫分不清时间,但它晓得,两个男人打了很久,他们一直打到了雨停。

野猫又"喵"了一声,蹿进了弄堂里,这时候,华良和军野扬也住手了。

两个气喘吁吁的男人各自倚靠在一面墙下,头发上的水滴落下来,不知是雨水还是汗水。

14

茄子招呼南瓜快点的时候,和南瓜交换了下背包,说:"我来背你的,你的重。"

"我们赛跑吧。"南瓜说完,就开始小跑起来。

茄子也跟着跑了起来,他要追上南瓜的脚步。黑夜压下来,把茄子和南瓜的影子都压没了。他们很快就从隔壁的弄堂跳进了离公董局最近的一条弄堂,蹲在弄堂口,观察着公董局的情况。南瓜闻到了一股潮湿的泥土的气味,这让他想起了野国无比美好的春天。野国的春天,万物复苏,他想起了和番薯、南瓜还有很多同伴在山林间奔跑,那儿有一条开满野花的山道,好像是没有尽头的。

公董局的每一盏灯都是明亮的,大门口不时有人进进出出,南瓜想,这些人一定没有春天。

军野扬像一个黑色的幽灵,在更加黑的夜里,对华良阴冷地说:"你须替我们做一件事情。"

华良是站在一盏没有亮光的路灯下的,他完全看不清军野扬的脸庞,他没有回答,而是在等军野扬继续说下去。

"解除封锁,放我们出上海。"军野扬说完,往嘴里塞了一片烟叶。

华良的回复也是有一些冷的,他说:"你只要释放人质,我立马解除封锁。"

军野扬放声大笑起来,他不知道对面这个看上去并不壮实的男人是哪里来的自信:"你好像并没有和我们谈判的筹码。"

华良的嘴角微微上扬,他把一根细长的香烟点燃,白色的烟雾在黑夜里显得十分醒目,像纷纷扑落的雪花。华良手上确实没有任何筹码,但他晓得,野国费尽心机想要得到的东西一定是极其重要的,他们不会因为任何一个因素而放弃,这不像他们的作风。但若是一直都被困在上海,哪怕他们得到了想要的东西,也是没有什么用处的。这么想着,华良的底气就足了一些,所以他风轻云淡地说:"那么,我们似乎可以结束谈话了。"

军野扬愣了一下,他忽然就对华良这个人产生了兴趣,停了一会儿后,他拔出一把信号枪,说:"你要搞清楚,你是没有任何主动权的,只要我的信号枪一响,莫天就会被立刻处死,不仅如此,你还会收到一份大礼。"

华良深深吸了一口香烟,在白色的烟雾里,他似乎看见了军野扬清朗的面庞:"军野桑我可以先放掉,解除封锁的事情容我再考虑。"

"恐怕你没时间考虑了。"军野扬说完,就把信号枪的枪口对准了漆黑的天空。

华良把燃烧着的烟头弹到了军野扬的脸上,这让军野扬刺痛了一下。华良跑到军野扬面前的时候,军野扬已经在扣动扳机了。华良是从军野扬的手中把信号枪踢掉的，他又和军野扬扭打在了一起，这一次没有野猫，但满眼的漆黑都是他们的看客。

军野扬还是打响了信号枪，咻的一声，一抹红色冲破黑暗，在天空擦亮。军野扬笑得愈发放肆了，他的眼角也有一抹滚动的红色，他说："华良，请好好收下你的大礼。"

时间和烟雾一样，正在缓缓散去，但是，什么事都没有发生，夜还是一样漆黑，还是一样安静。

南瓜和茄子的背包，现在就放在安德森的脚边。

"册那，两个小赤佬。"安德森使劲抓了抓头皮。

茄子望着野国据点的方向，想，番薯，你一定要来给我们报仇。

安德森拎起了瘦瘦小小的茄子，任由他的脑袋多次撞击自己宽厚的胸膛。安德森说："就你们这些小赤佬，野国是没什么能用的人了吗？"

茄子的手脚被牢牢绑住了，他想上来咬安德森，安德森转了个身，一松手，茄子就掉落在地上了。安德森闻到了一股淡淡的烟草味道，那是从茄子的嘴巴里散发出来的。茄子把眼睛瞪得很大，似乎这样就会生出一股气势来，他用很大的声音对安德森说："野国是我们的圣地。"

安德森很想说一句，上海是我的家，但他不是上海人，所以他只是说："这儿是上海民众的家。"

茄子不再说话了，但仍在挣扎着，南瓜也在挣扎着。

安德森命人把他们带上车，连同那两个背包一起，背包里装着的是大剂量的炸药，威力足以炸毁整栋公董局。要不是华良提前做了部署，安德森现在一定被炸得稀巴烂了。而对于军野扬来说，炸毁公董局是他要送给华良的一份礼物。

军野扬没能等到南瓜和茄子炸毁公董局，他等到的，是一大群围上来的巡捕。

军野扬没有拔枪，即便他看见了数十条枪的枪口正对着自己的每一寸皮肉。军野扬似乎很喜欢笑，所以他又开始发笑了，他慢慢解开自己的军大衣，里面是已经开启了的定时炸弹，距离爆炸的时间仅剩三分半钟。他对华良说："原来，神探华良也是胆小如鼠之人。"

华良掸掉了落在衣服上的墙灰，说："阁下果然有胆识。"

"最好的安排往往在最后登场。"军野扬止住了笑容，他的脸阴沉了下去，然后，他一把扯掉了汽车两侧挂着的黑布，黑布掉落在地上，汽车两侧绑着的炸药露了出来。军野扬没有听见公董局爆炸的声响，就知道番薯和茄子一定是失手了，可他在来之前就做了两手准备，现在的这份，才是真正送给华良的大礼。

军野扬一只手扯住了炸药的引线，另一只手打开了打火机，说："把军野桑和杯盖交给我。"

"我要是不给呢？"华良的目光盯着军野扬手里的打火机，他在找时机。

军野扬冷哼了一声,说:"我希望你掂量清楚炸药的分量。"

汽车上炸药的分量,华良自然是清楚的,它们足以把周围的建筑物夷为平地。

时间正在一秒一秒地流逝,绑在军野扬身上的定时炸弹还剩下七秒钟,军野扬的笑容仍挂在脸上,似乎死对于他来讲,无足轻重。

"等等。"华良也笑了,他说,"军野桑和杯盖很快就到了。"

这个时候,军野扬微笑着解开了绑在身上的定时炸弹。他把炸弹扔到了空中,炸弹"砰"的一声爆炸,火花四溅。他说:"华探长,礼物可远远不止一个。"

华良皱了皱眉,不禁对军野扬抱有一丝欣赏。

赶来增援的安德森不敢轻举妄动,只能眼睁睁看着军野桑从巡捕房汽车里走进了军野扬的汽车里,也看着军野扬坐进了驾驶室,还看着他们驾车离去,一晃眼,就开出了很远,车子是朝着巡捕房停车场的方向开去的。

"真想打爆它。"安德森用一管长枪,对准了军野扬汽车上的炸药,只要他一放枪,汽车就会立马爆炸,军野扬和军野桑都会被炸成渣。

军野扬的汽车已经不见踪影了,安德森的目光仍旧没有收回,他对着汽车驶离的方向啐了一口,骂道:"册那。"

华良回头朝他看了一眼,露出了一个意味深长的笑容。

15

　　茄子和南瓜很快就被押送到了巡捕房，安德森在他们瘦瘦小小的身体上，抽了十几鞭子，可茄子和南瓜仍旧没有松口。

　　茄子想起了杨帆，杨帆的身上也有这样的鞭伤，然后他就笑了。茄子觉得，自己比杨帆可男人多了，至少自己不会求饶，自己能为了野国去死，那是一种荣光。

　　华良和安德森在巡捕房跟高婕见上了面。

　　"扑空了，小东门的所谓据点，什么都没有。"安德森有点愤然，"这个军野桑不可相信，她一定是投靠野国了。"

　　"如果军野桑是故意卖了一个假消息，那我们在小东门就会受到野国的伏击。"高婕顿了顿，说，"但现在什么都没有发生，恐怕这是一个圈套，针对军野桑的。"

　　华良不置可否，不过，他的眼神十分深邃。

　　番薯在得知茄子和南瓜被捕后，眼角淌着热泪。他们是他最要好的伙伴，现在他俩都回不来了，番薯的心里就像被万千虫蚁在噬咬着一样。他往嘴里塞了一片烟叶，然后又塞了一片，最后，他抓了一大把烟叶，把嘴巴塞得满满当当的。

军野扬的汽车是缓缓驶入的,他的脸上,有一个长长的笑容。

"给华良打过电话了吗?"军野扬是对军野长说的,"是不是可以把莫天和老七送回去了?"

军野桑的眉头稍稍皱了一下,不过很快就舒展了,她知道自己已经暴露了。莫天没死,并且仍在野国手上,就说明他没有去小东门,否则埋伏在那儿的巡捕就能救出他。既然莫天压根就没有去过小东门,那么先前军野扬吩咐番薯的那番话,就是来给自己下套的。

"不急。"军野长看了军野桑一眼,说:"该做的总要做的。"

军野长为自己倒上了一杯红酒,她是就着地下室难闻的气味把红酒一饮而尽的,然后她把脸朝向了军野桑,说:"知道我为什么喜欢红酒么,多么鲜艳的颜色,和血一样。"

军野桑露出了一个很苦涩的笑容,她把目光扔在了潮湿的地上。军野长就是踩着这样潮湿的地,给了军野桑一个大大的拥抱。军野长把军野桑紧紧抱住,她说:"欢迎回家。"

然后,军野桑的笑容就更加苦涩了,她整个人都变得扭曲起来,嘴角流出了一股热的新鲜的血液。她分明感受到了来自背脊的阵阵绞痛,那是一种和死非常接近的痛。军野桑看见军野长又去喝酒了,这个时候,军野扬将一把匕首拔了出来,又刺了进去,这一次,是正中胸膛。军野桑感觉自己在慢慢往下坠,很快,她就躺在了潮湿的地上,断断续续地闻着地下室难闻得要命的气味。

"我早该想到的,你就是'桑葚'。"军野长把红酒灌进了军野桑的嘴里,红色的酒和红色的血液很快就融为了一体,"我敬你一杯。"

军野扬蹲下来,摘掉了黑色皮革手套,用他那只冰冷的手掌抚摸着军野桑开始发冷的脸,说:"再见了,妹妹。"

军野桑是想要说话的,但是她什么也说不出来,她的喉咙里有血也有酒,没多久,就什么都没有了,包括气。

"咽气了。"军野扬站直了身体,他的心口其实是有一些疼痛的。

军野长和军野扬一直都在追查"桑葚"的身份,他们也不是没有怀疑过军野桑的身份,因为她进野国的时机很巧,只是后来不了了之了。但他们始终怀疑军野桑,所以,军野扬假装要杀掉莫天和老七,故意把小东门透露给了军野桑。一旦小东门出现了巡捕,军野桑自然也就暴露了。

"看来我们以前吃的亏都是因为我们有个好妹妹呀。"

一滴眼泪水从军野扬的眼角流了出来。

"好了,以后我们不会再吃亏了。"军野长解开了自己的军大衣,她把衣服盖在了军野桑的身上,说:"妹妹,一路好走。"

16

莫天和老七仍旧关押在地下室里。

莫天显得有些急躁，阴暗、潮湿以及难闻的气味让他一分一秒都不想待下去了。于是，他对老七说："老七，我福尔摩斯·莫准备带你出去了。"

老七似乎恢复了一些体力，说话明显有了气力，他压低嗓音说："这股腐败的气味，肯定是从什么地方漏出来的，我怀疑，我们这里离哪一个下水道很近。"

"我们就是要靠下水道出去。"莫天捏了捏鼻子，又说："你适合当我徒弟。"

老七笑了一下，他说："就因为下水道？"

"因为你的脑子还算灵光。"莫天掏出了烟斗，象征性地叼在了嘴里。

整个地下室都是封闭着的，莫天手扶着墙壁，上下左右来回地摸索，突然，他摸到了一些水，有一股发霉的味道。莫天试着把水擦干，没过多久，就又有水洇出了。莫天显得有些兴奋，他是搓着手对老七讲的："就是这儿。"

按照莫天的设想，下水道工人每天凌晨都会来清理下水道，只要事先挖开一个口子，那么等人来的时候呼救就可以了。所以，他把皮带的金属扣当工具，开始一点一点挖口子。他有时候也会想，福尔摩斯不会挖下水道口子，除非那里有真相。

"你要怎么计算时间？我们可没戴表。"老七问这句话的时候，莫天已经快要挖通一个小口子了。

他捂着鼻子，朝老七一扬眉，说："味道最重的时候，一定就是清理的时候。"

"难道他们听不见吗？"老七面色凝重，呼救声要是传到了野国人的耳朵里，他们指不定要受什么罪呢。

莫天拆开了那朵折纸玫瑰，把它卷成了圆柱状，说："再套上一件衣服，声音就会此消彼长。"

莫天和老七度过了漫长的一天，自从挖开了一道小口子以后，污水就不断溢出来，地下室的气味变得更重了。莫天压根就吃不下饭，即使他已经饿得前胸贴后背了。

下水道的窨井盖被下水道工人撬开了，正打算对下水道进行清理作业，忽然听到了从下水道里隐隐约约传来了救命声。工人吓得赶紧跑去了霞飞路巡捕房，向巡捕报了案。

华良和高婕动身去解救莫天和老七的时候，安德森仍然对着军野扬在骂"册那"。他们仍旧是乘坐安德森的轿车去的，后面跟着三辆巡捕房的车。四辆汽车在废弃仓库的门口停了下来，华良皱了一下眉头，说："又是这儿。"

"真没想到。"高婕这次警惕了，她用长杆撞开了废弃仓库的扭曲的大门，一切都安然无恙。

巡捕们纷纷进了仓库，并且撬开了地下室的门。从门到房间，是要经过一个竖着的楼梯的，门很小，只允许一个人通过。华良是第一个进去的，他一进去就看见了躺在地上的老七。华良只对后面进来的巡捕说了一个字："快。"

"华生，你再不来，你会见到一个被臭气熏死的莫天的。"莫天又开始作呕了。

"奇怪。"华良只说了这两个字，并没有接着往下说。

高婕听出了华良的意思，野国的人既然全都撤走了，为什么要留下莫天和老七呢？如果没有了利用价值，为什么不杀了。

"沼气。"

高婕和华良异口同声。

莫天在把口子挖开了以后，地下室里就开始慢慢聚集沼气了，经过了一天一夜的时间，沼气已经很多了，只要有一点火星子，空气中的沼气就会被引燃，烈火会一瞬间把所有人都给吞没掉的。

"轰——"

果然，烈火一瞬间就燃烧起来了。

巡捕们的头发和衣服都烧着了，地下室里乱成了一团。华良用下水道里的污水把衣服浸湿，然后披在身上，命令大家照做，并且一点一点往外退。

老七和莫天都躺在了担架上，他深深吸了一口夜晚的空气，微笑着说："上海的空气，可真好呀。"

"火星子是从下水道来的。"

高婕是最先离开地下室的，她明白了，野国是故意留下莫天和老七的。

华良把所有人都带出了地下室，他们每一个人都灰头土脸的，所幸没有人丧命。后来，华良从卫生局方面晓得，下水道着火那天，他们根本没有派人去清理，那个所谓的下水道工人，其实就是野国的人。

莫天越发觉得自己和福尔摩斯很像了，福尔摩斯也差点儿就死了。

17

杨府的管家是在大火扑灭之后出现的，他一直都在喊华良的名字。

一个半小时以前，杨府接到了一通电话，是军野长打来的。军野长只说了两句话，一句是请转告华良探长，要找出谜底，就要回到最初的地方。第二句话是，野国是讲诚信的。

军野长打来的这通电话，让华良有一些捉摸不清。谜底在最初的地方，而最初的地方是公董局门口，杨帆被绑架。于是，他把目光放在了一辆小汽车上，那儿有更深的黑色。军野扬独自驾车来谈判的时候，开的就是撞击杨帆汽车的那一辆，而车底是绑了炸药的。

华良的目光移到了车底。野国撞翻杨帆的轿车以后，军野扬还那么明目张胆地开着事故车来谈判，除了无所畏惧以外，是不是还有什么深意呢？这时候，华良的目光又落在了杨府管家的身上，他不明白的是，野国人要找自己的话，打电话到巡捕房或者公董局就可以了，何必还要打到杨府去呢。更重要的是，军野扬车子离开的方向，正是停车场，他说过，礼物远远不止一件。

"难道……"

华良突然明白过来了，也许，在杨帆的那辆事故车下面，也藏有东西。但他还不清楚的是，这东西到底是杨帆留下的还是军野桑留下的，或者说，是野国留下的。

高婕朝华良这边看过来的时候，华良已经开始奔跑了。华良奔跑的速度很快，他上了一辆汽车，在他开出一小段路之后，高婕把车拦下了，她也钻进了车里。

"去哪儿？"高婕问。

华良狠狠踩了一脚油门，这让高婕整个人都往后倾了："坐稳了。"

华良的车技很好，他是在穿过五条街以后把车平稳地停放在巡捕房旁边的停车场里的。杨帆的那辆事故车就安静地停放在停车场的中间。华良下车前从驾驶室的座位后面掏出了一个手电筒，和高婕快步走到了事故车前。事故车上盖着一大块黑色的布，和军野扬车上盖着的一模一样。华良和高婕对视了一眼，有人动过手脚了。

"等等。"

华良把高婕揽在身后，对着事故车照了一圈，说："小心有诈。"

华良扯着黑布的一个边角，用力把黑布整块都扯掉以后，依然什么也没有发现。他打开了驾驶室的门，上面还残留着早已干涸的血迹以及少许玻璃碴子，除此之外，什么也没有了。后座要干净一些，但同样什么也没有。

高婕轻拍华良的肩膀，示意他小心车底。

此时，月色分明，一阵不急不慢的风从两人的脸颊吹过。华良是慢慢把身子蹲下去的，最后，他趴在了车底，同时趴在车底的，还有他手里的手电筒以及一束黄色的亮光。汽车底下的水泥地面上，有一小摊新鲜的血液，这让华良的心揪了一下，他仰头一看，果然，汽车的底部绑着一个人！

"杨帆?!"

在华良的眼里，杨帆已经奄奄一息，对他的叫唤，没有半点回应。高婕也趴下来了，她试探了下杨帆的脉搏，说："脉搏和呼吸都很微弱，看情况，怕是活不久了。"

巡捕房就在隔壁，所以其他巡捕很快就来增援了。他们把汽车放倒，开始解绑住杨帆的绳子，突然，一根细小的铁丝线被拉断，杨帆露出了痛苦的表情。

"嘀嗒……嘀嗒……"

奇怪的声音是从杨帆身上传出来的，并且一声一声很有规律。高婕一下子就撕开了杨帆的外衣，她的表情有些凝固，在杨帆肚子的位置上，有一个定时炸弹紧紧贴着他的肚皮，炸弹正在倒计时。

"都别动。"

高婕看了一眼定时器,上面显示的倒计时时间还剩下四分零九秒,她朝华良说:"双重炸弹,这上面有一个水平装置,一旦触动,立马爆炸,就算不触动,四分钟后也会爆炸。"

华良命令巡捕们往后退,自己则蹲在高婕身旁,说:"相信我。"

高婕双手托住炸弹,尽量保持水平装置不被触动。华良的动作很轻柔,他从来都没有这么轻柔地去做过一件事情,像是一个上了年纪的人。华良的动作还很慢,他拆掉了炸弹外层,计时器上显示还剩下三分钟。

"嘀嗒……嘀嗒……嘀嗒……嘀嗒……"

加快了!计时器的时间突然就加快了,按照这个速度来计算,三分钟的时间实际上就只有一分钟。而更危险的是,杨帆紧闭着双眼,他的表情越来越痛苦,以至于他整个人都抽搐起来,高婕手上的水平装置也开始左右摇摆,要是触动了,别说杨帆,她和华良也必定粉身碎骨。

巡捕们没有人敢上来,甚至,他们都在往后退。华良看到,每个巡捕的额头都渗出了汗珠,时间正一分一秒流逝,但华良还是没能想到拆除炸弹的办法。

"你叫什么名字?"华良忽然就把目光放在了高婕白皙的脸上。

高婕愣了一下,很快,她就明白了华良的意思:"你又叫什么名字?"

"巡捕房探长，华良。"

"我叫高婕。"

说完，两人都笑了。这是他们第一次见面时说的话，也是这样一个夜晚，或者，黑色还要更深一些。然后，华良说："高婕，你走吧。"

高婕笑了笑，朝手上的水平装置努努嘴，说："我可走不了。"

华良也笑了一下，说："你活着是最好的结果。"

高婕深吸了一口气，说："我的手太酸了，再不剪线，我可端不住了。"

华良从她口袋里取出医用剪刀，但手却停住了。炸弹的线错综复杂，完全没有头绪，时间太紧迫了，根本没办法好好去排除。计时器只剩下十秒的时间，华良把剪刀伸了进去，剪断了露在最外面的那一根线。这个时候，他似乎能听见每个人的呼吸声，在漆黑的夜里越来越清晰。

多年以后，华良总会回想起这样一个夜晚，那是他离死最近的一刻。野国人的行事风格十分嚣张，他们是不会把安全线藏起来的，一定会暴露在最显眼的位置，就让你意想不到。即使现在回想起来，华良的目光也同样是明亮的，野国人行事虽然残忍狠辣，倒也光明磊落，不藏着掖着。

杨帆一直都在抽搐着，嘴里还吐出了白沫。这个时候，杨帆的眼睛猛然就睁开了，他似乎看见了一大片的绿，他晓得，这是岛上一个叫"绿野"的地方。他记得自己在很小的时候，就在绿野的草地上，嚼过烟叶，也看过星空。杨帆感觉自己好像是笑了一下，现在，他又想起了一个朱红色的木头箱子。他在像南瓜那么小的时候就知道了，朱红色木头箱子里会放很多新衣服，穿上了里面的新衣服，就像是把荣誉穿在了身上一样。杨帆没有穿上朱红色木头箱子里的新衣服，他在很长一段时间里很想穿，又在很长的一段时间里讨厌去穿。不过，现在他不想了，他没有力气去想了，他感觉自己整个人在往下沉，一点一点，沉入到了无边无际的黑暗当中。

巡捕们把杨帆的身体放平，华良又去探了一下杨帆的脉搏，然后对高婕说："送医吧。"

"来不及了。"

高婕刚说完，杨帆就停止了抽动，他的眼珠翻白了，眼角也渗出了血。高婕探着鼻息，说："已经死了。"

此时，有小东门过来的巡捕再一次对华良讲起，他们留守到现在了，仍然没有见到野国有任何风吹草动。

"看来军野桑也暴露了。"高婕面色凝重，她有一种不祥的预感。

"确实。"华良把医用剪刀放进了高婕的口袋，说："对他们来讲，杨帆活着也毫无意义了。"

"那军野桑是不是也……"高婕没有说下去，她似乎想到了另一个问题，"其实，我很奇怪，他们一直都想要解除封锁，要离开上海，难不成，他们要做的事情已经得逞了？"

华良很久都没有做出回答，再次把目光投向了窗外：

"我们需要重新捋一捋案情了。"

"还有老七,我总觉得奇怪,他俗人一个,为什么要吃面包?"高婕这么说着,脑海中便浮现出了糖包的样子。

"那个人动了吗?"华良把目光收了回来,问高婕。

"杯盖顺利的话,那个人早晚都会动的。"这一次,换高婕把目光望向窗外了。

此时窗外的天,已经开始亮起来了。

巡捕们抬着杨帆的尸体回了巡捕房法医室,高婕立马进行了尸检。杨帆的死对于华良来说,是一个意外。原本,杨帆是野国威胁华良最好的筹码,但是现在,野国却主动放弃了。华良坐在办公椅上,给自己倒了一杯绍兴的花雕酒,然后一饮而尽。野国杀掉杨帆,说明杨帆已经没有利用价值了。

华良看着空空如也的酒杯,若有所思。

就在刚才,安德森已经来过了,杨帆的死,让每个巡捕都灰头土脸的。安德森把华良桌上的花雕酒都喝光了,然后他说:"我又要去公董局睡觉了。"

华良并没有应答,他甚至都没有听清楚安德森讲了些什么。安德森离开前,对华良说了第二句话,他说:"花雕酒好像喝不醉的。"

华良在纷杂的思绪中,听见一阵急促的脚步声。

"尸检结果出来了。"

高婕的声音听上去更急促:"杨帆生前受了严重的外伤

和内伤，但都不至于丧命，他真正的死亡原因是中毒，毒素是新型毒品，海洛因。"

"这么说。"华良顿了顿，说："他们已经拿到货了。"

"这不是最重要的。"高婕的把尸检报告放在华良面前，指着其中一栏，说："杨帆死的时间并不长，所以他的胃里还有残留物，我从里面检查出了有面包的成分。"

"面包？"华良似乎想到了什么，"你是说？"

"糖包……"高婕的话刚说完，华良就一下子从座位上站了起来。

"医院！"

华良穿上了风衣，他的脚步声也变得急促起来，高婕紧紧跟在他身后。很快，他们就奔跑着，像两只野燕，掠过所有人的视线，直到身影完全消失。

18

莫天和老七的病房，是相邻的，只隔了一堵墙。

莫天现在回想起来，还是心有余悸的。而且，野国犯下的一系列案子还没有破，要是自己交代在地下室里，那岂不便宜华良了。退一步讲，堂堂的福尔摩斯·莫，死因是下水道沼气爆燃，传出去多没面子。一想到这儿，莫天就想去洗澡，身上这股下水道的味道他是再也不想闻到了。

莫天敲响老七病房门的时候，还闻了闻手臂上香皂的芬芳，他觉得等老七身体好一些了，也得好好洗洗。门内没有任何的回应，莫天试着推了推门，发现门并没有上锁。莫天一推门进去，就看到床上蒙着头一动也不动的老七，他是趴着睡的，两只脚露在外面。

"老七？"莫天唤了一声，说："你是睡了还是死了？"

莫天想起李医生说过，老七需要休养，不宜被打扰，在地下室的时候他就半死不活的了，这会儿估计是真的睡着了。莫天是头一回住这家医院，但这李医生他又觉得自己在哪儿见过。莫天正准备出去，突然觉得有些不对劲，他四下看了看，发现少了些什么。

那个负责保护老七的巡捕不见了！

莫天回头看着老七的病床，上面躺着的人仍是一动不动。这会儿，他才想到，老七是胸口中的枪伤，怎么可能趴着睡觉呢。于是，莫天一把掀开了被子，病床上躺着的哪里是老七，而是那个不见了的巡捕。巡捕已经咽气了，他是被人扭断脖子死的。

老七呢？老七可千万别有事啊！莫天冲出了房门，抓住一个正经过的小护士，大声问："李医生呢？他有没有带老七去做手术？"

小护士摘掉了口罩，满脸疑惑地反问莫天："什么李医生？我们这儿没有李医生。"

莫天完全愣住了。巡捕死了，老七不见了，李医生也是虚假的，所有的事情都是有预谋的。那么，老七会去哪儿了呢？他一定是被野国的人带走的，那个"李医生"就是野国的人。

莫天想，一定要给华良打电话。莫天正这么想着，华良和高婕就出现了，他们是跑着来到莫天面前的。华良抓着莫天的肩膀问："老七呢？"

莫天摇摇头，他也想知道老七去哪儿了。

这个时候，华良看见一个穿着高皮靴的医生仍在走廊徘徊，他立马就明白了是怎么回事。他把这个医生叫到跟前，说："你看看整个医院，哪有穿高皮靴的医生的？"

只有巡捕才穿高皮靴。莫天一下子就明白了，老七肯定是发现什么了，所以才逃走的。

"给安德森打电话。"华良理了理领带，说，"如果他还没醉死的话。"

"我来打。"莫天很是积极，他仍在为没有看护好老七而自责，"说什么？"

华良扣好了西装的最后一颗纽扣，然后朝莫天说："收网。"

莫天和高婕都看见，华良的眼睛里闪烁着无比明亮的光芒。

19

林深西点面包房早就挂出了暂停营业的牌子，里面只有一盏昏黄的台灯亮着。

军野长是坐在林深西点最外边的位置上吃面包的。她对服务员阿生说："阿生，你的面包差了点味道。"

阿生解下了围裙，也同军野长一样坐了下来，并且开始吃一个面包。她咀嚼得很慢，过了一会儿才说："味道马上就会有的。"

军野长是一个人来的，她在等人，她相信这个人很快就会出现了。军野长忽然望见玻璃门外有三个孩子跑过去，他们每个人的脸上都挂着一个灿烂的笑容。军野长的眼眶忽然就湿润了，她想起了番薯、茄子和南瓜，如果他们还在野国的话，脸上一定也有这样灿烂的笑容的。她还想起了其他的孩子，那些孩子们会在"绿野"把自己围拢，一声又一声地叫自己"长妈妈"。

军野长并没有让眼泪水掉下来，她眯了一下眼睛，视线就模糊起来了。她似乎从一大片的模糊中，看见了一身军大衣的军野扬。她和军野扬是异姓兄妹，其实，她自己也记不得自己原先是姓什么的了。她只记得，自己是挤在一条老旧的船上出海的，下船后就被人贩卖给了一个国际犯罪组织，也就是在这个时候，她认识了军野扬。他们在组织里一同生活，一同受训，甚至一同去杀人放火。后来，他们从魔窟里逃了出来，在一个小岛上建立了野国，他们想把野国变成一个乐土，让那些同样受苦受难的孩子们能有一个安稳的家。

在这片模糊里，军野长还看见了野国，那个建在一座小岛上的理想地。军野长把这个理想地叫作"家"，即便她本身并不是在野国出生的。军野长欢喜有人叫自己"长妈妈"，她觉得这样的称呼是有温度的。现在，她觉得是时候了，所以她在心里想着，很快，长妈妈就能回家了。

林深西点的玻璃门被人推开了，进来的人伸了一个懒腰，说："久等了。"

军野长放下面包，看见阿生给来人搬了一张椅子，等他坐下后，说："合作愉快，老七。"

和老七一道进来的，是小楼，陌上桑的伙计。不过，他现在可不是伙计了，而是军野长的保镖，他负责保护老七前来会合，在医院的时候，他装扮成了李医生。

老七挠了挠后脑勺，雪花一样的头皮又开始纷飞了，它们扑落在他的肩膀上："再晚一步我就出不来了。"

"公董局在医院都布控好了，有许多伪装成病人和医生的巡捕，他们已经怀疑到老七的身上了。"小楼汇报说，"我们动作要快了，我怕这儿也暴露了。"

军野长点上了雪茄，屋子里就烟雾缭绕了起来。她的眼睛里已经没有眼泪水了，倒是多了一种深邃，她在想，神探华良,如果他没有神探两个字,也许还能做一回朋友吧。

老七和军野长一同去了林深西点的后门,在那儿停着一辆卡车。老七看上去没有一点儿受伤的痕迹,健步如飞。老七的伤原本就是假的,军野扬用的是空包弹,这是他早就和野国的人事先商量好的,神不知鬼不觉。

阿生打开了卡车门,里面装满了纸箱,而纸箱里装的,是一个个摆放整齐的糖包。军野长随便抽了一个糖包,放进嘴里舔了一下,然后露出一个满意的表情,说:"都齐了吧?"

"不多不少。"老七关上了卡车的门,并上了锁。

军野长在来之前,就已经打点好了一切。她花高价买通了一艘英国的货轮,以运输餐饮食品为借口,借着他们的船离开上海。只要自己的货一到,船会立马起航。

"货我帮你们找到了,答应我的好处你们可千万别忘了,上海我是回不来了,往后可就要多麻烦您了,长妈妈。"老七挠挠背脊,他在想,等货安全到了野国,一定要好好泡个澡。

军野长扬了扬嘴角,淡淡地说:"你的上海,再多看几眼吧。"

阿生是负责将卡车开往港口的司机,她将副驾驶的车门打开,扶着军野长上了车。这个时候,阿生听见老七说了一句话,他说:"送长妈妈。"

老七说完,他的脸色就沉下去了。在他的眼里,一群荷枪实弹的巡捕从四面八方如潮水般拥过来。华良和高婕、莫天出现的时候,阿生已经发动了车子,她把油门踩到底,准备冲过去。华良和高婕、莫天齐刷刷开枪,把卡车的两个前轮胎都打爆了。

阿生拔出手枪,并且打开了保险。军野长拍了拍她的手,笑了一下,然后下了车。军野长是笔直走到华良面前的,她的笑容很平淡:"看起来,杨帆一直都是个无用的人。"

"你们打算用杨帆来拖延时间,这点小伎俩,可瞒不过我福尔摩斯·莫。"莫天也走到军野长的面前,晃了晃手里的枪,说,"军野长,你死定了。"

高婕注意到阿生戴着的眼镜,若有所思。

"老七,你的伤好得可真快呀。"莫天用枪口顶了一下鸭舌帽,对老七说。此时,他还见到老七身边的小楼,那位"李医生"。莫天咋咋舌,说:"原来,是有李医生一路照顾。"

"他不仅是李医生,还是小楼,而且下水道的那把火也是他放的,巡捕房已经画出了那个报案的下水道工人的肖像,其实你是算准了时间再放火的,让我们误以为是及时赶到把人救出来了,而实际上,你们本来就不打算杀掉我们,你们这么做,无非就是想帮老七洗白,好让他可以继续留在上海生活,更何况,把我们杀了,影响会更大,你们要离开上海就会难上加难。"华良从口袋里摸索出一张图画,上面画着的头像,和小楼有八成相似。

小楼看着图画上的肖像,不置可否。莫天这才想起来,在下水道求救的时候，隐约见到的脸就是小楼的，难怪当时见到李医生的时候会有一种似曾相识感。

"老七的伤势从一开始就是装的。"华良扔给了老七一支烟，说，"在医院的时候，老七发现了不对劲，知道我们已经对他起疑了，这才逃离的。"

"华探长，很棒的推理，不过有一点你说错了。"老七并没有点烟，他朝莫天看去，继续说，"一开始，我们只是想吓唬吓唬杨帆，让他说出金瓯永固杯的秘密，天晓得，竟然还有个杯盖，所以，我们就把莫天抓了，他和你形影不离，一定是知道杯盖在哪儿的，保不齐还能套出杯盖上的秘密。"

"老七，你一定是个下棋高手。"华良把目光从军野长身上移到了老七的身上，他和老七相视而笑，"可惜的是，杯盖，是我故意给你们的。"

"故意?!"老七和军野长面面相觑。

"否则，"华良的声音浑厚有力，"我们又如何在这儿相见呢。"

"我明白了，只有杯盖在你那儿，对你来说毫无意义，一旦两个坐标点合并了，你就可以做文章了。"老七索性在门槛上坐了下来，他觉得自己似乎有些佩服起华良来了，要是换做以前，他是一定要跟华良交个朋友的。老七说："华探长果然名不虚传。"

"军野扬带走杯盖就是你们计划里的?"军野长有些讶异，所有的一切都在自己的算计内，可偏偏华良就出现了。

高婕用手指着阿生，说："多亏了阿生。"

"用不着太惊讶。"华良看着军野长和老七的脸，说："反正杯盖留在我这儿也不能知道货在哪儿，不如给你们，有时候，必要的舍弃也是一种获得。"

华良一挥手，几个巡捕就抬下来一箱糖包。莫天正好有些饿了，从中拿了一个就要往嘴里塞。

高婕立即拍掉了他手里的糖包，说："会吃死人的。"

华良随意抽了一个糖包，拢了一层糖粉，凑在鼻子下嗅了一嗅，说："用糖包来掩饰毒粉，一定能够蒙混过关，野国的手段也一样名不虚传。"

莫天恍然大悟，看了看糖包，又看了看老七和军野长，他终于什么都明白了。糖包上面的所谓糖粉，其实不是糖粉，而是新型的粉状毒品海洛因，这些就是野国的人一直在说的货。

"博诺是阿生杀的。"高婕说这句话的时候，把目光投向了阿生，"为的就是拿到毒品的样品。"

阿生眯着眼，把手放进了裤子口袋，里面有一把袖珍手枪。

"我去买糖包之前，阿生已经把博诺杀死了。"高婕开始踱起步来，"证据就是你所戴的这副眼镜，阿生毕竟是个女人，和博诺有力量上的偏差，在打斗中，她的眼镜被打落，镜片也被打碎了。为了掩饰这一点，所以她才会在博诺死后还要打碎透明玻璃花瓶，目的就是要将镜片和玻璃碎片混淆在一起，所以那个时候才会有人给你送来一副新修好的眼镜。从现在的痕迹来看，阿生应该是去偷毒品的，没想到被博诺发现了，所以才下的毒手。"

"我们在博诺的被害现场还发现了海洛因的粉末，阿生就是为了去取这些海洛因才要杀掉博诺的吧。"莫天接口道，"随后老七就带着这些样品去和野国的人进行确认，看看成色是否是上品。"

"老七想要的糖包，只是他自己想确定一下阿生有没有得手，他吃了一口就尝出来了。"华良看向老七，说，"如果是要带去给野国的人进行确认，那么阿生完全可以自己去。"

高婕朝阿生看去，说："所以，我是替老七去取样品的，而当时我在林深西点见到的那个男孩，才是替野国来拿样品的。"

"还没来得及感谢高法医。"老七说得云淡风轻，似乎这一切都与他无关，他只是一个看客罢了。

军野长倒是对华良的到来更感兴趣，问："华探长是怎么知道我们会在这儿的呢？"

"以老七这样的俗人，临死前竟然只要吃一个糖包，光是这一点就非常奇怪。"华良看了一眼老七，说。

"我买完糖包离开的时候，看见了那个男孩正往嘴里塞烟叶，这种烟叶只生长在热带地区，烟叶是自然卷起的，和别的地方所产的烟叶有较为明显的区别，更何况，在杨府的时候，军野长同样嚼了烟叶，可以确定，那是野国人的特征。"高婕接过华良的话，说，"也就是说，林深西点是你们的另一个据点,这么看来,替野国来取样品的,就是那个男孩了。"

阿生默不作声。

高婕继续说道:"老七,当我怀疑阿生的时候,我也开始怀疑你了,你和莫天在仓库里的时候,我就更加加重了对你的怀疑,你的目的就是套出莫天那里的信息。"

华良为自己点燃了一支三猫牌香烟,很快,在深长的弄堂里,就升腾起了一抹清淡的白烟。抽了几口后,他说:"我从进出单据里查到了沈千山和杨帆、博诺一直都是合作关系,而野国千方百计把老七从监狱里救出来,是因为他们需要老七做两件事情。"

"阿生偷毒品样品,说明他们要确定是否有货。"高婕接口说道。

莫天叼着烟斗,说:"金瓯永固杯里的坐标,就是他们想知道货在哪儿。"

"没错。"华良也在看着老七,他接口道,"野国一直都是做毒品生意的,这么大的一笔货,他们不会不觊觎,但他们不想出钱买,只能找老七帮忙,他们说服了老七,并承诺给他一笔好处,可他们谁也没有想到,老七会在这个时候突然入狱。"

"所以,他们才绑架了杨帆,用杨帆来换老七。"莫天一拍脑袋,这下他是真的全明白了。

"抓杨帆不仅仅是为了换老七,和桑葚也有关。"华良把香烟踩熄,接着说,"更要紧的是,杨帆是野国的人。"

"杨帆也是嚼烟叶长大的,所以他的口腔会散发出一种特有的气味,这种气味安德森在和茄子讲话的时候也同样闻到了。"莫天说完,就把烟斗拿掉了,生怕自己也会染上这样的气味。

"杨帆有个别的名字。"这一次,是军野长开的口,"佛手瓜。"

华良其实不太明白,每个人都在讲野国如何的好,可杨帆却偏偏要背叛野国,还要培养特工打入野国内部,究其原因,华良不晓得,也许,军野长也不晓得。

老七放声大笑,他的笑声从弄堂里响起来,刺破了无边无际的黑暗。然后,他说:"华探长看来是什么都查证好了。"

"军野桑呢?"华良问。

"死了。"军野长和华良对视着,目光如同刀子一样。

突然,阿生就开枪了。

阿生打死了两个巡捕,想要翻墙逃走。不得不承认,她虽然是一个女人,但身手十分矫健。只可惜,华良枪里的子弹,比她的身手还要敏捷,枪声洞穿了暗夜黑色的皮肉,直直从阿生的心脏透过。她来不及喊叫,就掉下来,摔死在了地上。

军野扬和番薯是带着人过来接应的,在来前,番薯是最后一个走出废弃仓库的。在番薯的目光中,有一个朱红色的衣箱,然后,他轻轻地,笑了一下。

他们来的时候,双方已经打得不可开交了。巡捕们纷纷举枪，子弹是冲着军野长去的。军野扬见状，脱掉了军大衣，把一副壮实的身体露在外面，他把背脊上的半自动步枪端牢，为了掩护军野长撤离，他像个疯子一样，朝着华良和巡捕们扫射着。

华良往军野扬的左腿打了一枪，这让军野扬一个踉跄。军野扬仍在开枪，他是单脚跪在地上开枪的，他把弹匣里的子弹通通都打光了，最后，他用这把进口的半自动步枪砸向了华良，他说："为了野国，我死而无憾。"

巡捕们瞅准机会，上前揪住了军野扬。华良半蹲在军野扬的面前，他捡起了从番薯口袋里掉出来的烟盒，然后说："我真想去看一眼野国。"

军野扬闭上了眼睛，他开始哼一首小曲儿，在他的脑海里，还浮现出了一座小岛，小岛上阳光正好，海浪一卷又一卷，拍打在光滑的岩石壁上。

军野长在军野扬的掩护下，和老七顺利上了船甲板。越来越多的巡捕正在往这里运动，眼看着军野长难以脱身，这个时候，番薯把自己的身体挡在了军野长的前面。番薯站在码头和船的连接板上，他解开了外套，露出了里面的那件新衣服以及一捆炸弹。番薯往嘴里塞了一大片烟叶，他朝军野长说："长妈妈，这次换我来保护你！"

军野长的眼睛里是有泪光的，赴死前穿上朱红色衣箱里的新衣服，就是野国的勇士，魂魄可以永远留存在野国。她不晓得番薯是何时穿上的，但她不想辜负。

子弹纷纷撞进了番薯年轻的身体里，他眨了一下眼睛，就倒在了地上。番薯看见自己的血从枪洞中流出来,像一条条平稳的河流。他的呼吸变得越来越困难了,脸上却始终挂着一个笑容,他突然觉得,今天晚上的烟叶,比以前的都要好吃。最后,他叫了一声"苦瓜"的名字,并且拉响了身上的炸药包。

"砰——"

一声巨响,人间再也没有番薯了,连皮肉都不剩。

番薯的人肉炸药包奏效了,果然,所有的巡捕都被拦在了码头,没有了连接板,他们无法登船。华良赶到的时候,听见军野长对自己喊了一声:"华良,我会回来的。"

"我就在这里等着。"华良说,他的眼睛里是无边无际的海洋。

军野长和老七冲进了船,然而,在船上的并不是野国的人,而是巡捕。原来,华良派人在监视阿生的时候,就发现阿生曾和船员有沟通,化装成渔民的巡捕了解到,他们想通过运输餐饮食品的方式离开上海。所以,他提前就让安德森部署好了一切。

军野长和老七往回逃跑,他们一直都在开枪,直到枪里的子弹打得一颗也不剩。小楼是在掩护军野长和老七下船的时候被巡捕乱枪打死的,他临死都睁着一双滚圆的眼睛。

在很久以后,华良坐在霞飞路巡捕房的时候,仍能回想起这一场激烈的巷战和船战。在他的记忆里,老七的身上有十七个枪眼,军野长的身上有九个枪眼。那天晚上,天空十分的黑，他的耳边有很多子弹呼啸的声音和周围居民冲来撞去的喊叫声，以及老七临死前的那一声"上海"。

数月后，华良站在了军野扬的面前，他看见军野扬的脸上全是笑容，好像他的每一寸皮肉都是在笑的。然后，他听见军野扬淡淡地说了一句："我来了。"

华良知道，他是讲给军野长听的。

军野扬是穿着一件崭新的军大衣站在法场上的，他还特意理了理头发。军野扬的军大衣是华良从一个朱红色的木头箱子里取来的，军野扬说："野国，是我们的信仰，没有苦难，没有压迫，只有快乐，只有幸福。"

"你们的信仰，就是为了自己而不顾别人生死？"

"我们，只为野国而活。野国是干净的，鲜活的，没有罪恶的。"

只为野国而活。光凭这句话，华良就很想亲自去野国看一眼了，他想亲眼见一见，这些人誓死守卫的地方，究竟是一个什么样的天地。但军野扬始终没有把野国的地址说出口。

"那么，杨帆呢？他难道不是野国的人？"

"叛徒，就是要死。"

"野国是没有罪恶的，但是野国的人却把罪恶带去了其他地方。"

军野扬沉默了。最后，他只是说，野国是需要生存的，在这样的世界里，只有一个独立的不被外界污染的地方，才是净土。只要野国能够继续留存在人世间，他们的所作所为就都值得了。

华良不再问了，他觉得，或许野国这样的秘密一直存在着会更好，如果它真的是一个温暖的地方的话。他不免有些好奇，野国究竟有什么样的魔力，可以让人对它那么死心塌地。

杨帆是一路顺风顺水坐上高官职位的，原本是野国打入官场的一枚棋子。随着职位的不断上升，他越来越贪恋权力，所以，他千方百计想要摆脱野国，保住自己的地位。军野桑，就是在这个时候被他送入野国的。他希望军野桑能够为自己搜集野国的罪证，并且提供野国的动向，好随时能够掌控，在恰当的时机，一举歼灭野国，巩固自己的地位。

华良在军野扬的嘴里放进了一片烟叶，这是军野扬向他提的唯一一个要求。华良的手里还有一个装烟叶的精致的盒子，他盯了很久，然后问："到底是什么样的味道能让你们每个人都这么迷恋？"

军野扬把烟叶咽下了肚，他把眼睛闭起来了，他说："家的味道。"

华良缓缓从军野扬身旁走过，他不再去看他，只是心里颇为唏嘘，一个人有着狠辣和温柔两面，人性果然是复杂的。

"砰——"

一声枪响。

华良朝湛蓝色的天空望去,他的眼里,是一大片的辽阔和明朗。

20

华良再次站在陌上桑的二楼,是军野扬死后的一个星期五。

几个月过去了,陌上桑花店里的花全都凋谢了,有的甚至干枯了。华良的口袋里放着一朵纸玫瑰花,一束阳光从窗户外照射进来,他仿佛看见军野桑正从阳光里缓步走来,他还看见,她的手里正在折着一朵纸玫瑰花。

华良叹了一口气。军野桑有没有完成自己的任务,华良不知道,但他可以想见,在野国的那段日子,一定是军野桑最幸福的时光。

突然,他愣住了。

从二楼往下看,花店摆放的花瓶有些奇怪。每一个转角的地方,放的都是同一种花瓶,花瓶的颜色和花纹与别的不一样。华良细看时,脸上露出了吃惊的表情,因为对照这些花瓶的摆放点,就是地图的其中一个区域!于是,华良马上打电话到霞飞路巡捕房,让莫天带着地图过来,他把这些同样花瓶的摆放点在地图上标记出来,坐标一下子就出来了,他猜测,可能是野国的。

原来，陌上桑花店一楼的整体设计，就是一张区域地图，而军野桑之前放小说《金粉世家》的地方，就是野国的坐标。

华良朝窗外那堆阳光望去，军野桑似乎仍站在那儿，现在，她正挥手告别。

野国，是南海上的一座小岛。

野国，风景秀丽，四季如春，这儿鸟语花香，平静而美好。

华良和高婕、莫天是乘坐一艘小型客船来的，刚下船，他们就被岛上负责巡逻的人捉住了。野国的人十分警惕，他们将华良等人绑在了木桩上，还破坏了船只，防止他们逃脱。

春季的夜晚，是有凉风的。篝火在凉风里舞动，烧得愈发猛烈。一个年长的男人从另一个年轻的男人那儿接过一把枪，说："野国从不容许外来的污秽亵渎乐土，所以，我们要杀死他们，我们要用他们的血来冲刷污秽。"

年长的男人打开了枪保险，枪口正对着华良，只要他轻轻扣动扳机，华良的脑袋就会开出一朵鲜红的死亡之花。

"苦瓜。"年长的男人突然叫来了一个男孩，并且把枪交给了他，说，"你来动手。"

"苦瓜，先别开枪，番薯让我把这个带给你。"华良抬了抬左肩，示意东西放在他左边口袋。

苦瓜从华良的口袋里取出了一个精致的烟盒，他认得，这是番薯的烟盒。这让他想起了无数个夜晚，自己和番薯躺在星空下吃烟叶的场景。苦瓜打开烟盒，取了一片烟叶塞进嘴里，他不开枪了，还给所有人都松了绑。

苦瓜记得，这个烟盒是长妈妈的，后来才送给的番薯。番薯在很小的时候就十分崇拜长妈妈，什么都要学她，就连长妈妈受伤缠了绷带，他也要给自己缠上绷带，假装自己也同样受伤了。所以，长妈妈送给了他这个烟盒，番薯如获至宝，特别珍惜。

华良把手搭在苦瓜的肩膀上，对大家伙说："长妈妈告诉我，野国就是天堂，是所有人的归宿，她还说，我们都要好好活下去。"

这天晚上，岛民们围着篝火，也围着华良三人，他们放歌跳舞，吃酒谈天，一个个都醉倒在了无比美好的春夜。他们有饭一起吃，有酒一起喝，没有私心，也不分你我。

华良也有些醉了，他晓得，岛民们是把自己当成军野扬的朋友了。这时候，他看见很多孩子从一个像训练营一样的地方出来，他们不同年龄、不同肤色，他们在吃烟叶，看星空。华良还见到了沈千山五岁的儿子，他正被一个十几岁的男孩带着，在一块礁石上耍拳脚。

"原来，军野长和军野扬这么受欢迎啊。"莫天打了个饱嗝，他觉得野国的食物味道特别鲜。

"也许，野国不应该被打扰。"在高婕的眼里，篝火渐渐微弱，直到完全熄灭，岛上一片黑暗。

华良独自站在一块礁石上，他是背对着大海的。也许是想起了军野桑，所以他的脑子里才会跳出"世外桃源"这四个字。华良缓缓闭上眼睛，他能感受到，周围似乎灌满了笑声。海风很轻柔，它们从华良的脸庞拂过，揿进了绵软的野国。在海风咸湿的气味里，他还闻到了庄稼的气味，那么清新，那么生机勃勃。华良把眼睛睁开了，他在想，也许野国真的是一个世外桃源。

华良并没有告诉野国的人，军野长等人死去的消息。他不知道，没有了军野长和军野扬，野国往后的日子会是怎样的，也许，他们只能自生自灭了吧。天一亮，他们就找人修好了船，准备返回上海。高婕和莫天同时回头，他们看见，一大群小孩子正在追赶着几只凤尾蝶，天真烂漫的笑声此起彼伏。

这时候，华良也回头了，他说："再见了，野国。"

双 面

1

1928年冬天的上海，寒风呼啸，在苍白的天光下，雪花纷纷扬扬。

九岁的小男孩呵着气，他的手和脚都已经冻木了。现在，他觉得自己身上的伤已经不那么疼了。母亲出去糊火柴盒了，父亲正在床上酣睡。父亲是喝醉后睡下去的，睡前还打了小男孩一顿，小男孩老早习惯了，他觉得，自己好像天生就是出气筒。

夜，变得黑了。小男孩点上了一盏煤油灯，这是唯一算得上值钱的家当了。风从窗缝里漏进来，灯光开始摇晃着，一下，又是一下，这让小男孩的心有些发怵。

猛然间，在摇晃的灯光里，出现了一个黑影！黑影是一下子就出现的，然后，它缓缓地，由小变大。小男孩蜷缩在角落，他整个人都在瑟瑟发抖，在他的眼里，黑影愈发清晰了。黑影似乎在窥探屋子里的动静，这个时候，瓦片叫得更欢了。小男孩的背脊阵阵发凉，恍惚间，他听到了很轻很轻的邪魅的笑声，是一个小女孩的笑声，幽幽的，也从窗缝里漏进来，全都灌进了他的耳朵里。

发出笑声的，真的是一个小女孩。现在，这个看上去比自己年纪还小的小女孩正站在小男孩的面前，她戴着一顶兜帽，干裂的手里捧着一把剩饭。小男孩打开门的时候，小女孩就蹲在门口，他没有看清她的脸，只是小心翼翼地问她："你是谁？"

小女孩仍旧在笑，她说："妈妈很饿，我有吃的了，我要去喂妈妈。"

小女孩的妈妈是躺在树林里的，她躺在一株老槐树下，一动也不动。小女孩蹲下身子，把剩饭塞进她妈妈的嘴巴里，说："妈妈，你吃呀，妈妈，你吃呀……"

小男孩向前挪了一小步，他瞧见，小女孩妈妈的衣服是鲜艳的红色长裙，而脸庞被头发遮住了，只露出了一张嘴。小男孩走过去，也蹲了下来，这时，他闻到了一股奇怪的气味。于是，他伸出手，慢慢拨开了小女孩妈妈的头发……

突然，小男孩整个人向后瘫倒，他结结巴巴地说："她……她的脸……"

呈现在小男孩目光里的，是女人僵硬的脸。女人已经死了，她的眼珠子瞪得很大。雪花仍旧不断落下来，它们落在光秃秃的树上，也落在了女人的尸体上，它们还落在了小男孩的目光里，冰冷刺骨。

女人是贫民窟里出了名的疯女人，小男孩认得她。疯女人每天都会站在江边傻笑，她浑身脏乱不堪，化的妆乱七八糟的，像鬼一样。小男孩想，现在，她成了真正的鬼了。她一定是冻死的，这么冷的天还穿红色的裙子……

等等！

红色的裙子！

小男孩一把抓住小女孩的手，他带着她奔跑了起来，在这片孤寂恐怖的树林里。他晓得，穿红衣服死去的疯女人，是会变成厉鬼的，这样的厉鬼是要去索命的，她们喜欢在黑夜里穿梭。小男孩就这样牵着小女孩的手奔跑，他的脑海里，疯女人的脸始终挥之不去。

月光也和他们一同奔跑。小男孩没有回头，他只是默念着，越远越好，越远越好。

小女孩也一次都没有回头，她跟在小男孩的身后奔跑，就这样跑进了小男孩一家的生活中。小男孩的爸妈收养了她，从冬天到春天，很多的日子里，小男孩都认为他们就是兄妹，亲生的兄妹。

小男孩记得杀自己父亲的那天，父亲喝了许多的酒。父亲是喝得醉醺醺回来的，他一回来，就把小女孩拖进了房间。父亲的脸似笑非笑，他很轻缓地从一个装衣袋里，把一件十分漂亮的纱裙拿出来，然后笑着对小女孩说："你要晓得报恩。"

小女孩不懂养父在讲些什么，她只是看到养父的手放在了自己的身上，自己的衣服正在被这双手一点一点褪去。在小女孩的眼睛里，哥哥正趴在窗户上，她十分清晰地看见,哥哥的眼睛里充满了疑惑、惊讶和迷茫。

一阵凉风从窗缝漏了进来,小女孩打了一个哆嗦,她突然就想起了那个下雪的黑天,好像和今天一样的冷。这个时候,她听见了一阵急促的敲门声,一声高过一声。很快,门就开了,是被人撞开的,冲进来的是瘦骨嶙峋的养母。

养母也把手放在了自己的身上,她还拉住了养父的手。小女孩忽然想,好像自己的身上是有糨糊的,会把所有的手都粘在一块儿。养母把养父的手拽开,用被子裹住了妹妹,然后她吼了一句话,有些歇斯底里:"你混蛋,你是个禽兽不如的东西!"

养父给了养母一巴掌,这让养母的两只脚跟跄了一下,她的脸上迅速地爬上了一个红掌印。养父一把扯掉了裹住妹妹的那床被子,扯得十分用力,然后他冲养母骂了一句:"臭婊子。"

小女孩的眼睛一直都是朝窗户看去的,小男孩依然趴着。也许窗风也漏进了小男孩的身体里,所以小男孩整个人都打着战。小女孩咬着嘴唇,然后她把脸转过去了,木讷地望着养母的脖子被养父死死地掐住。

养母的整张脸都是扭曲的,她挥舞着双手,不断挣扎着。当小女孩把目光重新放在窗户上的时候,她忽然发现,小男孩不见了。养母慢慢瘫倒在了地上,她看见养父的脸突然也变得扭曲起来,殷红色的新鲜的血液,从他的头上洇出来。养父像一只上了年纪的老狗,突然就倒了下去,然后再也没有起来过。

在小女孩的眼里，小男孩满是伤痕的双手正握着一个碎掉了的花瓶。小男孩露出了一个惊恐的表情，后来，他就瘫软了下去，一滴眼泪水安静地涌出他的眼角，"啪嗒"一下，掉在了地上。

一道闪电劈了下来，没多久，窗外便天雷滚滚。

小女孩抚摸着小男孩的伤口，小男孩把小女孩揽在怀里，说："我不疼。"

小女孩朝养母的尸体看了一眼，这让她想到了老槐树底下妈妈的红色长裙。然后，她淡淡地说："从现在起，我们三个好好生活。"

2

1940年的上海，和十二年前相比，同样是寒冷的，它的寒冷来自于一个人。

他是一个魔鬼。他擅长的，只有杀人。

天已经黑了，在上海荒郊一个阴暗潮湿的地窖里，浑浊的气味十分刺鼻。一个唇腭裂的女人，蜷缩在地窖的一堆黑暗里，她能清晰地听到，自己的牙齿正发出咯咯的打战声。

"小兔子乖乖……把门儿开开……"

魔鬼缓缓打开了地窖的门,月光笔直地照射了进去,他笑了一下,歌声就停住了。

"很快,你就会成为一个真正的人了。"魔鬼说。

然后,他看了一眼手里沾有干涸血迹的针线盒,跳进了地窖……

3

发现尸体的地方,是外白渡桥。

尸体被人用绳索吊在外白渡桥的护栏上,身份已经调查清楚了,是一个叫董英的女人,丈夫是开豆浆店的。董英前一晚和丈夫吵架后离家出走,随即失踪,今早被清理工发现时,已经断气很久了。

董英的尸体是比较好认的,因为她是先天性的唇腭裂,所以她丈夫光看嘴就知道了。尸体的唇腭裂被人用极其粗暴的手法缝合在了一起,高婕从尸斑和尸僵的变化程度来判断,董英的死亡时间至少有十个小时以上了。除此之外,暂时没有发现别的线索,董英身上的法币没有被拿走,她本人也没有受到侵犯。

"凶手不为财也不为色,光光缝合了唇腭裂,有没有一种可能,凶手是一个完美主义者,或者,凶手也是身体有残缺的人？"莫天叼上了烟斗，假装吐出了一口长长的烟气。

华良点点头，他承认莫天说的不无道理："第三具了。"

"连环杀人案。"高婕开始回想起前两具尸体的特征了，第一具是缺了一只胳膊，第二具是少了一双脚，这两具尸体的骨肉有明显被动刀的痕迹，然后双双被杀害。高婕说："凶手的目的十分明显，针对的都是身体有残缺的人。"

华良此刻正站在一个流浪汉居住密集的地方，他把这儿叫作"流浪汉集中营"。流浪汉集中营其实是由无数的窝棚搭建起来的，"脏乱差"是这儿最好的代名词。这里住着不少流浪汉，他们白天出去乞讨或是找点活干，晚上就缩在这儿睡觉。第一和第二被害人就是住在流浪汉集中营里的流浪汉，而董英的家，就在这附近。

"我晓得了，凶手是流浪汉。"莫天捏了捏鼻子，这儿难闻的气味令他很不舒适，"身上有残缺的流浪汉。"

见华良和高婕没有回应，莫天又补充说道："身上有残缺，所以走不远，按照就近原则来讲，凶手肯定会对身边的人下手的。"

高婕指了指嘴唇，说："万一凶手只是像董英一样，是个唇腭裂呢？"

"从凶手可以把董英的尸体吊在外白渡桥上来看，他一定是个身体健全的人，至少四肢是健全的。"华良的双手环抱于胸前，顿了顿后，继续说道，"除非，他有帮凶。"

在其中一个窝棚的外面，华良注意到了一张正随风飞舞的宣传单，宣传单上印着一艘十分豪华漂亮的游轮。从宣传单的简介来看，这是顾氏与威尔逊公司联合在豪华游轮"圣慈号"上举行的嘉年华，时间是五天后，邀请的都是有头有脸的人。

华良还没把目光从宣传单的简介中移开，高婕就先行离开了，她要去拿一份尸体的血液检验报告。这个时候，一个衣着单薄的小男孩就突然出现在了莫天眼前。小男孩神情恍惚，正在墙壁上涂鸦，他在画一个女孩，女孩长着四条眉毛，四只眼睛，两个鼻子，两张嘴巴。

"华生。"

莫天回头去叫华良，等他再回过头来，小男孩就不见了。

墙壁上，女孩诡异的面容逐渐清晰起来。

高婕把一份血液检验报告塞进手提包的时候，她的身后，突然就响起了一个对她来讲十分熟悉的声音："能请你喝一杯卡布奇诺吗？"

高婕忽然就晃了神，她面前的这条马路化作了泰晤士河的模样，阳光洒落在河面上，波光粼粼。一个年轻的男人和一个同样年轻的女人，他们就坐在泰晤士河边，手里各自捧着一杯升腾着热气的卡布奇诺咖啡。高婕缓缓把头转过去，一个西装革履的男人就站在她的身后，他的脸上还有一个露着白牙的笑容。

"你有些憔悴。"高婕一时之间竟不知道该说些什么。

男人长得很清秀，他也有一些不知所措，所以他搓了搓手,说:"你还是那么漂亮。"

后来,高婕就和这个男人一同坐在了附近的一家咖啡馆里头。服务生上了两杯卡布奇诺咖啡,男人抿了一口后,说:"英国一别,真是太多年了。"

高婕没有去喝咖啡,她盯着男人看了很久,说:"我以为你成佛成仙了,原来还在人间。"

"高婕。"男人顿了顿,说,"对不起。"

高婕笑了一下,说:"我都快忘记你叫什么了。"

两个人静默了许久,他们似乎都在回忆往事。长相清秀的男人叫顾雍,是高婕在英国留学期间结识的。那个时候,他们每天都会在泰晤士河畔散步,沐浴阳光,也发生了爱情。只是后来不晓得怎么回事,顾雍就退学了,不仅如此,他还不知所终,如同人间蒸发了一样。高婕还试图寻找过顾雍,但根本没有一点儿音信,因此,两人的感情也就无疾而终了。

还是高婕打破了这场静默,她站起来,对顾雍说:"我们下次再会吧。"

"高婕。"顾雍想了想,说了一句"对不起"。见高婕没有回应,顾雍有些坐立不安,他不想好不容易的一次见面成了最后一次,所以他从口袋里掏出了一张船票,说:"如果你肯赏光的话,我会向你好好赔罪的。"

高婕仍然是笑了一下,然后迈步走出了咖啡馆。她离开前,始终都没有喝过一口咖啡,但是把船票收下了。顾雍看见,咖啡杯里升腾的热气正逐渐消散。

同样看见热气消散的，还有莫天，他是来接高婕的。

华良点上了一支香烟，他的办公桌上放着那张从流浪汉集中营带回来的宣传单。

这个时候，莫天大踏步进来，高婕就跟在他身后。莫天一进门就对华良说："华生，作为你的朋友，我有义务告诉你一件事体，免得你感情路上有障碍还不自知。"

莫天把高婕和顾雍喝咖啡的事情绘声绘色地讲给华良听，末了，他还加了一句："人家可是个贵家公子，你要当心了。"

"他是我的……一个很久没见的朋友。"没等莫天说出来，高婕就先说了。

"很久没见的朋友就聊这么几句？咖啡还一口不喝？"莫天挑了下眉，好像自己很懂感情。

"他是谁？"莫天看出华良的脸色有些不太对劲。

高婕收起了手术刀，说："顾雍。"

"很熟悉的名字。"莫天思索了片刻，仍未想起来。

华良掏出了一支烟，叼在了嘴里，说："顾无为长子。"

莫天愣了一下，此时，他的目光紧紧盯着办公桌上的宣传单，其中一栏印着四个大字：顾氏公司。

高婕从手提包里拿出了顾雍给她的那张船票，说："他邀请我上船。"

"华生，我们也去，我倒要看看，那小子耍什么花样。"莫天看了一眼船票，说："船票我来搞定！"

4

"圣慈号"游轮停靠在海边,海水不住地拍打着船身。这是一艘装修十分豪华的游轮,船体是白颜色的,挂满了一盏盏灯。船体总共分为三层,最底层是大的活动空间,二层全部都是客房,三层是员工住房。"圣慈号"游轮的甲板上摆满了各式各样的鲜花,海风一过,鲜花的香气就弥漫开来。

入夜,"圣慈号"游轮的灯就全都打开了。船员们缓缓启动游轮,在一声长啸过后,游轮便离了岸。从计划来看,"圣慈号"游轮会从东海出发,绕行太平洋,船上的一切用度,全部都由顾氏和威尔逊公司提供。华良和莫天、高婕在开船前一个小时就上船了,记者们长枪短炮的,想获取一些新闻,但全都被一一拦在了船下。华良他们一上船,顾雍就迎了上来。

顾雍是顾氏公司的少东家,他仍旧西装革履,一双锃亮的皮鞋,举止十分儒雅。顾雍给高婕递了一块围巾,说:"海风大,小心着凉。"

莫天伸出手,说:"本少爷也怕着凉,还有华生。"

顾雍笑了一下,招呼服务生给莫天和华良各自拿了一块围巾:"莫少爷,想不到您也大驾光临。"

华良和顾雍握了手，然后说："顾少爷果然气度不凡。"

"华探长，久仰久仰，请。"顾雍让开了路，让华良和莫天进了船舱。由于晚餐时间临近，服务员们已经准备好了食物。底层船舱里，摆满了酒水和食物，是自助餐。

高婕和顾雍就是在露台上叙旧的。在黄白灯光下，他们仿佛看见了照在泰晤士河面上细碎的阳光，那么平稳和宁静。莫天听不见他们在讲些什么，所以他把头转向华良，问："华生，这小子绝对没安好心。"

华良是被莫天硬拉着上露台的，他们各自拿着一个红酒杯。华良的手上还拿着一本书，但目光一直都放在高婕和顾雍身上。这时，他和莫天都看见，高婕正在对着一个服务生说话。

服务生胸前的名牌上写着"贵生"两个字，贵生长得不是很高，人也精瘦。值得注意的是，他的左脸有一些扭曲，手也是畸形的。在顾雍打了一个响指后，另一个服务生就拿了一个医疗箱上来。高婕为贵生处理了手背上一个霉菌感染的小伤口。

高婕点了一下头，冲贵生微笑着。贵生看着包扎好的伤口，也向高婕笑了一下，便识趣地退下了。

顾雍的酒杯和高婕的酒杯碰在了一起，顾雍说了一些什么，高婕就笑得更欢了。

"啧啧，华生，你真的不管管吗？"莫天挠挠头皮，替华良着急。

"那样的伤口，处理起来是很疼的。"华良眯了下眼睛，这样更能看清楚贵生的伤口一些。

莫天瞧着贵生始终微笑的脸庞,又瞧瞧华良,没听懂华良的意思。

"神探,你看那儿。"华良的目光一直都在贵生身上。

一位衣着华贵戴着钟形帽的女宾,此刻正站在甲板上吹风,海上的夜风吹动着她的裙摆和长发,这让她在一堆灯光下有一番别样的韵味。贵生是从女宾的身旁走过的,他既没有给女宾递酒,也没有和女宾讲话,他们只是对视了一下,贵生就离开了。

"贵生。"华良念了念贵生的名字。

在离女宾不远处的转角,站着一个略微肥胖的男人,西装革履,夜风同样吹动着他短少的头发。

"上衣口袋别着一支钢笔,左前裤袋里塞着一个黑色皮革手册,右手指关节处有明显老茧,说明经常用笔写字,加上藏进口袋的微型照相机来看,他是个记者。"华良拍拍莫天的肩膀,示意他不要冲动。

莫天和华良是悄无声息地走到偷拍者身边的。莫天笑了一下,按住了男人按快门的手。

"你好啊,记者先生。"华良举了下手里的酒杯说。

男人露出了惊讶的表情,面前的这个人似乎有些面熟:"我是《晶报》记者郭早风,您是?神探华良?这位是?"

"神探莫天。"莫天头一扬,说,"我听说过你,郭早风。"

郭早风笑了笑,说:"你们别为难我,我有这么个机会不容易,我是来搜集情报的,就为了揭穿顾无为伪善的假面具。而且我还知道,即将举行的'畸形秀'节目有不少黑幕,刚才偷拍,不过就是老本行。"

华良碰了一下郭早风的酒杯,在丁的一声后,他说:"郭早风先生,请了。"

郭早风早些年是和《良友》合作的,拍得最多的就是名媛名人,极少涉及巡捕房的新闻,以至于对华良只是有个印象。

莫天似乎还想追问郭早风,转身问华良:"这就放他走了?"

华良是过了一会儿才缓缓说的,他说:"关注就好。"

郭早风面无表情,他向华良鞠了一躬,缓步离开。莫天一直都看着郭早风,直到他的身影消失在了甲板上。此时,海风变得有些大了,女宾抬手捂住了帽子,她一直就这么站着,望着无边无际的黑暗,听海水反复拍打船身的声音。

"这个叫郭早风的,肯定有问题。"莫天摸着下巴,他晓得郭早风想要干什么。

郭早风热衷于炒作明星名人的秘闻野史,早年间顾无为包养女明星金玉妍的事情,最先就是郭早风发现的。当年,顾无为和金玉妍的事情在上海滩闹得沸沸扬扬,金玉妍还因为怀孕搬进了顾家,俨然成了顾家的姨太太了。

但好景不长,金玉妍产子当天,奇怪的事情就发生了。随着婴儿呱呱坠地,产房传出了一声凄厉可怖的尖叫,从那以后,金玉妍就消失得无影无踪了。想不到郭早风还在追查,当真是锲而不舍。

华良从服务生的托盘上取了一杯新的红酒,并吩咐服务生给那位女宾也送一杯过去,然后,他呷了一口后说:"《良友》好像迁往桂林了。"

"华生,我晓得你也在怀疑郭早风。"莫天有些高兴,难得华良的想法和自己吻合,"这老小子上船,肯定不会只为了偷拍名媛那么简单,他就是为了搜集情报,虽然不晓得搜集什么,派什么用场。"

"郭早风为何而来暂且不谈,也许混上船的远不止他一个记者。"华良笑了一下,这回,他是一口干掉杯子里的酒的,"不过这位女宾的确有问题,她是个假名媛。"

见莫天的眉头皱在一起,华良就补充说:"她是整只手握住红酒杯的,这就很说明问题了。"

"她不懂西餐礼仪!"莫天顿悟,他明白了,像郭早风这样的人,一定也注意到了这个女宾的异常,所以才会一直偷拍她。

"神探,"华良把目光投向了无尽的暗夜,他能感受到四面八方的风都向自己奔涌过来,"注意她衣服的腰身。"

"很不合适。"莫天皱着眉头,他觉得事情变得越来越有意思了。

女宾很快就离开了甲板,她是往中心舱的方向走去的,那儿晚上有"畸形秀"表演。

"洗衣店里偷的衣服。"华良努努嘴,示意莫天去看女宾衣服的下摆处。

莫天见到,在那儿露出了一小张纸片,是洗衣店专门用来区分衣服的标签。他正要说些什么的时候,就又听见华良开口了,"船票肯定也是在衣服里的,否则她就算有衣服也上不了船。"

莫天觉得,女宾是上船来傍大款的,只要勾搭上一个贵公子,那她这辈子就不用愁吃喝了。上海滩有很多这样想法的女人,尤其是长得还不错的,这也难怪郭早风要偷拍她了,人家本来就是靠这个赚钱的。

华良对于莫天的臆测不置可否,他闭上了眼睛,十分清晰地听见,海风声越来越猛烈了。

5

"畸形秀"表演开场的时候,华良看见高婕和顾雍坐在了贵宾席。莫天轻晃着手里的红酒杯,瞥了顾雍一眼。

负责主持"畸形秀"表演的是来自威尔逊公司的威廉,同时,他也是畸形人表演团的主管。威廉自己也是一个畸形人,他的两只手都长着六个手指头。表演的时间足足有两个小时,从杂技到相声,倒也活泼逗趣。华良看了一眼身旁的莫天,他倒是看得津津有味。华良总觉得"圣慈号"

上暗流涌动,不知道什么时候就会发生一些事情了。

这个时候,所有观众都开始欢呼了,连莫天也站了起来,眼睛一眨都不眨。华良望向舞台,瞧见一个长得还算漂亮的姑娘,主持人正掀起她的裙子。

"哇!四条腿!"

观众席已经沸腾了,他们每个人都像看怪物一样看着台上这个被主持人叫作"美云"的姑娘。美云长着四条腿,在两条正常的大腿内侧,还生出了两条小型的腿,它们也是会动的。主持人揪住两条畸形小腿,向观众们一遍又一遍地讲述,引得台下的观众纷纷要冲到最前排去仔细端详。

"这似乎并不是在帮助他们吧。"高婕颇为生气,她实在不忍心朝舞台上看。

顾雍拉上了帘布,他为高婕添了一点儿酒,过了许久才说道:"这样可以帮助他们赚一点钱,至少可以生活下去。"

"用自己的尊严去换钱吗?"

"会有更好的办法的。"

顾雍和高婕都没有再说下去,他们似乎听见了更加响亮的喧闹声,观众们齐刷刷地在喊:"赵公子!赵公子!"

莫天认得这位赵唯仁公子,他的父亲同样是银行家。莫天和华良冲上舞台的时候,赵唯仁正抱着美云的身体,逼她用两条畸形小腿走路呢。美云的畸形小腿哪里撑得住两个人的重量,她的泪水从眼眶里流淌出来,整个人都在颤抖。

华良一把揪住赵唯仁的衣领,硬生生把他从美云的身上扯开。与此同时,他看见,那位假名媛就站在人群的最后面。

赵唯仁是被人扶下去的,因为莫天狠狠踹了他一脚,让他四仰八叉地躺在舞台上,像一只翻肚的癞蛤蟆。赵唯仁直到出了船舱,嘴里都还骂骂咧咧的,观众也随之散去。华良把美云扶起来,柔声说:"别害怕。"

这个时候,那位假的女宾缓缓来到了华良的面前,她把手里的红酒杯递给华良,说:"你,是个男人。"

华良接过酒,他觉得假名媛的举止和刚才不太一样了。他还注意到,这一次她杯子的握法很正确。华良说:"交给你了。"

她笑了一下,帮美云系好了裙子上的丝带,然后搀起了美云的胳膊,一步一步向后台走去。

"怎么称呼?"华良问。

"东珠。"假名媛头也不回。

东珠把美云送回了房间,美云仍在不住地哭泣。东珠说了些安慰的话,她心里清楚,再多的安慰话一时之间也难以抹平美云心里的苦楚。美云自然也知道东珠的心意,可她就是难受,她也不想多说话,只想一个人静一静。东珠就让她一个人静一静,默默退出了房间。

贵生去了厨房,亲手做了一个蛋糕,打算给美云送过去,他觉得,吃一口蛋糕,哪怕无济于事,最起码嘴里是甜的。这么想着,贵生就在蛋糕里多加了一些糖分,他要趁夜去敲美云的房门，要不然被主管发现就惨了。

贵生把蛋糕装进了盒子里，系上了一个蝴蝶结，他在等深夜的降临，因为只有这个时候，他才能见到美云。

6

"小兔子乖乖……把门儿开开……"

夜深了，无数的黑暗把整艘"圣慈号"紧紧包裹着。海风呼啸，海水奔涌，船身摇晃着，从这一片黑暗缓缓驶入了另一片黑暗。幽怨而邪魅的歌声是从深长的走廊传来的，歌声很轻很轻，同黑暗里的云朵一样。歌声一直传到了美云的房间门口，然后戛然而止。

一只黑色的皮手套缓慢地转动着美云房间的门把手，紧接着，一个穿着同样是黑色皮大衣的人影立马闪了进去。人影把门反锁了，他看见，此刻的美云正躺在床上睡觉。人影掀开了被子，美云的四条腿就完全暴露在外了，人影整个人都抖动了起来。他俯下身去，颤颤巍巍地摘掉了皮手套，一双眼睛瞪得滚圆，目光在美云的畸形腿上来回游走。

美云是在人影整个人都压上来的时候醒的，她的眼睛也瞪得滚圆，她想叫，但根本叫不出声来，她的嘴被人影的手捂得死死的。美云挣扎着，她终于能从床上爬起来了，她想往门外跑,但人影一把就推倒了她。美云被人影拖进了浴室,在那里,她和人影又开始了撕扯。

美云是仰面倒进浴缸里的,她倒下去的时候,看到一大堆鲜红色的血从自己的身体里喷出来,她还看到,人影似乎还笑了一下。

这个时候,美云的意识已经有些模糊了。所以,她闭上了眼睛,天一下子就黑了。她好像还听见了人影在唱歌,歌声很幽怨,也很森冷。美云想,自己一定全身的鸡皮疙瘩都立起来了。但是美云的眼睛睁不开了,她感觉眼角滑落了一颗滚烫的眼泪,然后,她听见歌声忽远忽近的,一直回荡在自己的耳边。

歌声是这样的:"小兔子乖乖……把门儿开开……"

7

美云的尸体,是莫天发现的。

莫天因为昨晚没有睡好,落枕了,在活动脖子的时候,突然发现了天花板上泅出来的血水。现在,他、华良、高婕以及顾雍等人全都在美云的房间门口,贵生和东珠站在一块儿,而郭早风飞快地拍了几张照片,他可不想放过这么大的新闻。命案还惊动了顾无为,他来的时候,华良和莫天正在对命案现场进行勘察,高婕在对美云的尸体做初步的尸检。

门是华良撞开的,呈现在众人眼前的,是满地的血水。华良最先冲进了浴室,水龙头仍旧在朝浴缸滴水,它们"滴答滴答"轻快地滴落,溅起一圈圈红色的水晕。

美云安静地躺在水晕里,她被华良抱出浴缸的时候,高婕看见,她的手腕和大腿布满了划痕。高婕一眼就看出来了,美云死于失血过多,因为她的动脉血管被一一划开,那几道被水浸泡得发白的口子,像极了一条条无底的深渊。

"自杀。"莫天很仔细地瞧起了划痕,说:"绝对的自杀,肯定是因为不堪受辱,大腿上的伤口就是最好的证明。她由于畸形大腿而受辱,所以自残自杀。"

"是他杀。"华良指着美云手腕上的伤痕说:"割腕自杀的人手腕划痕多半是平行的,而她手腕上的却是交错的。更重要的是,从美云的视角来看大腿上的伤口,如果是她自残,那么刀尖位置应该朝外,但现在刀尖位置朝美云自己,说明是他人动的手。"

"另外,这些不规则的划痕,看上去像是非专业人士所为,但实际上,杀害美云的凶手是学过医的。"高婕初步对尸体进行尸检后说,"切开动脉血管的口子,要比其余伤痕更深。"

"凶手是故意伪装成不懂医学的。"莫天再次朝美云的伤口看去。

"也可以说,凶手是故意伪装成美云是自杀的。"华良开始观察起整个命案现场来,"死亡时间呢?"

"结膜苍白，口唇苍白，尸斑浅淡，尸体略有浮肿，结合下颌的僵硬程度来判断，死了至少有八小时以上了，但不会超过十二小时。"高婕只是初步判定，并没有给出一个实际的死亡时间，"现在是早上九点四十分，往前推的话，美云的死亡时间应在昨夜的九点半到凌晨两点之间。"

华良点点头，他开始在房间里踱步。美云的房间是在走廊的最里边，这是一间逼仄的房间，虽然有浴室，但空间不大。浴室仅摆放着一个浴缸，浴缸上有一些洗漱用品，但已掉落在地。走出浴缸，就是美云的卧室了。卧室里有一个较矮的柜子，一张小竹椅和一个衣柜，除此之外，就只有一张床了。被子是叠好放在床上的，床单和枕头都很整齐，看上去没有打斗的痕迹。

华良把目光扔在了地板上，顺着床往门的方向看过去。如果美云逃脱了凶手的毒手，那么她第一时间一定是想要逃出房间的。华良蹲下身子，地板上没有任何痕迹。他索性趴在了地上，透过光线，他能明显地看清楚，从美云的床到门这一块，明显被擦拭过了，而其他地方却没有，这表明，这儿同样被凶手清理了。照这样看来，美云从床上逃到了门边，然后凶手追上并扑倒了美云，然后将她拉进浴室并杀害，这是整个犯罪过程的简单还原。只是有一点华良不明白，凶手为什么要将美云拉进浴室进行杀害，不仅如此，还要放满浴缸的水，难道是洗涤灵魂？

"华良。"高婕已经对尸体检查得差不多了，她又发现了一个重要线索，"可以确定死亡时间是在昨夜十一点至凌晨一点之间了。"

华良站起身,在浴室门口和高婕四目相对。

高婕继续说:"浴室水龙头的朝向是在热水处,也就是说,凶手在割了美云的血管后美云并没有立即死去,浴缸里的水是凶手放的,热水会加速血液的流动。"

"那死亡时间不是应该在九点吗?"莫天记得上船的时候,服务生和自己讲过,船上会分四个时间段供应热水,早上八点,傍晚四点,晚上九点和十一点半。四点不可能,因为晚上八点的时候美云是在表演的。

"单纯从供水时间来看,的确九点更有可能,尤其是加速血液流动的话,死亡时间就会出现提前误差。"华良朝美云的床努了努嘴,说,"但凶手进来的时候,美云已经上床睡觉了,说明已经洗完澡了,那么,凶手要用的热水就只能是十一点半的这一段。"

"那她也有可能不洗澡直接就睡了啊。"莫天看看华良又看看高婕,说:"你看她在台上被羞辱得这么惨,哪里还有心思洗澡。"

"美云是换了睡衣的。"高婕把窗帘完全拉开后,浴缸边上放着几件衣物,她接着说:"这是美云换下来的衣服,并且,她的头发是清洗过的,换句话来说,凶手进美云房间门的时候,是十一点左右。"

华良拍拍莫天的肩膀,说:"好了神探,我们该去查查在美云被害的时间段里,大家都在做些什么了。"

莫天掏出一个笔记本,说:"我早就打听好了,这儿是船员和演出人员住的,右手边的房间都是给演出人员住的,左手边的则是给船员们住的,因为房间不够,美云被分配在左手边的最后一间。美云的房间在最里间,在她对面的是主持人威廉,隔壁是一个姓傅的水手。"

"我可没听见任何动静,我什么也不知道。"主持人威廉听见了自己的名字,脸色都变了,他可不想和杀人案件扯上关系。而住在隔壁的傅姓水手则说自己当时正在甲板上测风向,不在房间,自然什么都没听见了。华良特意让莫天去两个房间听动静,威廉的房间门关上以后确实什么都听不见,但傅姓水手的房间就不一样了,美云浴缸里只要发出比较响亮的声音,他那儿是能听见的。

"且慢。"

这个时候,人群开始骚动起来,一个穿着唐装的男人进了屋子,站在华良的面前。男人的嘴里叼着一根雪茄,华良能闻出来,那是帕特加斯雪茄的味道,安德森常抽。但这个男人不是安德森,他是顾雍的父亲顾无为。顾无为的双鬓已然斑白,但看上去精神奕奕,衣服也是整整齐齐的。

"早就听说华良探长的大名了,在这儿见到,真是有幸。"顾无为朝浴室瞥了一眼,面无表情地说,"我看就到此为止吧,一切后果你华良探长怕是担不起的。"

顾无为是担心此次的嘉年华会受到影响,这一点华良自然是晓得的,但种种迹象都显示美云是被人杀害的,自己不可能放任不管。没等华良开口,莫天倒是先开口了:

"老头,这是杀人案,我们是巡捕,天经地义,能有什么后果?只要是和钱有关,我莫氏银行会管。"

"我和你们公董局的副总董有些交情,华探长,我相信,你我都是体面人,这种场面一动不如一静。"顾无为吐出了一口烟气,仍然是面无表情。

顾雍在一旁想说什么,但是被顾无为拦住了。见华良没有回答,顾无为又说:"我只希望嘉年华能顺利进行。"

顾无为说完,当即一挥手,门外就闯进来几个黑衣大汉,他们是顾无为的手下。黑衣大汉们围住了华良和高婕、莫天三个人,并且做了一个"请"的手势。华良的脸上露出了笑容,他是这样对顾无为说的:"顾先生,我华良查案,但求真相,不问前景。"

"那就不要怪我不给情面了。"顾无为的态度很坚决,于他而言,任何事情都不能阻止他把嘉年华办下去,要知道,如果现在停了,不但他捞不到应有的好处,就连付出去的钱都收不回来。如果仅仅是因为一个没有地位,甚至是丢在大马路上都没人理睬的残疾人演员的死,而使得嘉年华取消,那就太得不偿失了。

华良仍旧保持着微笑,他往顾无为的身前靠了靠,说:"顾先生,这样吧,嘉年华可以继续举行,我会在那之前找出凶手。"

顾无为思索了片刻后,说:"好,我可以答应你,不过,你要对外声称,美云是自杀,否则的话,我会立马终止你的调查。"

华良看着顾无为一步一步走出了美云的房间，在他周围的黑衣大汉，也跟着走了出去。顾雍并没有跟着出去，他给华良和莫天各递了一支烟，脸上略显无奈地说："抱歉了几位，我父亲很看重这次的嘉年华，筹备了许多，我替他向你们道个歉，请继续查案吧。"

高婕一直在对美云的尸体进行检查。这会儿，她摘掉了白丝手套，走出了浴室，对华良说："暂时没有别的发现，详细的需要解剖以后才能知道。"

"破案了。"莫天把烟夹在了耳朵上，顺手从顾雍手里拿过火柴盒，给华良点上了烟。华良吐了一口浓重的烟气，他看见，顾雍的上衣口袋里，塞着一块黑色的手帕。

莫天把火柴盒放进了自己的口袋里，说："凶手就是赵唯仁，他在舞台上猥亵未遂，所以偷偷摸进了美云的房间想再次施暴，结果美云醒了，他怕事情曝光，所以杀了她。"

华良不置可否，如果赵唯仁是一个怕事情曝光就要杀了美云的人的话，他就不会冲上舞台了，那么明目张胆地对美云加以侮辱都干得出来，他还有什么可怕的。

半小时后，华良来到了贵生的房间，贵生有一些意外。华良冲贵生笑了一下，说："贵生，你有什么要对我讲的吗？"

贵生犹豫了一会儿，他的手心都捏出汗来了："华探长，我昨晚，去过美云的房间。"

"傅水手昨晚待在甲板上测风向，看见你往美云房间的方向去了，时间是十二点一刻。"华良边说边观察着房间的摆设，贵生的房间也很简单，一张床，一张桌子，两张板凳，外加一个衣柜和一个床头柜。华良最后把目光放在了桌子上的一个甜点盒上，甜点盒上系着一个蝴蝶结。华良眯了下眼睛，甜点盒上的蝴蝶结系法，竟然和之前东珠在舞台上帮美云系裙子上的丝带时的手法相同。

"我是给美云带点心去的，我怕她心里难受。"贵生注意到华良在看甜点盒，于是打开了甜点盒的盖子，盒子里面是几只小蛋糕。

莫天叼着他的烟斗，说："送点心要十二点过了再送啊？呀，好像这个时间段正巧是美云被害的时间。"

"美云不是我杀的。"贵生战战兢兢的，他的额头也冒出了汗水，"我实在是因为太担心美云了，可是'畸形秀'的主管很严格，不允许船员和服务生晚上靠近演员。所以，我只能等半夜里主管睡着了，才偷偷摸摸去找美云。"

"听见什么了吗？"华良问。

贵生晃晃脑袋，说："很安静，我敲了很久的门都没有回应，平常她肯定是还醒着的，所以我想美云可能是哭累了睡着了吧，然后我就离开了。"

"离开的时候，有没有发现什么异常？"华良继续问道。

"没有。"贵生依旧摇摇头，说，"和平常一样，除了海水和海风的声音，别的什么都没有。"

从贵生处出来，华良一路都没有说话，他陷入了沉思当中，以至于莫天和高婕和他说话都没有反应。凶手一定是知道傅水手要去测风向，所以才挑这个时间段杀人，由此可见，凶手是知道房间所住人员名单以及船员工作任务和时间段的人。当然，要知道这两点也不难，贵生作为服务生是很容易就能知道的。但是，至少目前来看，他没有杀害美云的动机。并且，贵生既然知道傅水手会在那个时候出现在甲板上，那么他一定是会避开的。再者，从刚才的对话中看得出来，美云和贵生的关系并不一般，是老相识了，他说美云平常这个点都是醒着的，说明他经常来会见美云。华良为此也询问了威廉，证实贵生和美云当初是一起来报名的，两人早就相识。

"神探，蝴蝶结的系法你注意到了吗？"华良问莫天。

莫天摇摇头，心里琢磨着，一个蝴蝶结系法能怎么样。

华良比画了下系法，说："和东珠的系法一样，看来他和东珠、美云是相识的。"

"那我们现在去哪儿？"莫天拍了拍华良的背脊，问。

华良这才回过神来，朝远处的海面看去："去会会赵唯仁。"

8

贵生来到船尾的时候，东珠早就站在那儿了。东珠的手里握着一朵假花，那是白色的茉莉花。东珠回头望了一眼贵生，说："你来了。"

贵生点点头，他看着东珠蹲下身子，把手里的茉莉花放在甲板上,同样放下去的,还有一滴明晃晃的眼泪水。贵生看了一眼身旁的东珠,他忽然想,让美云和东珠上船是不是一个错误。所以,他说了一句"对不起"。

东珠知道贵生心里在想什么,自己的衣服和船票是贵生帮着从洗衣店里偷出来的,而美云是贵生介绍上船工作的。她瞧着贵生黯然神伤的面庞,说:"都是命。"

贵生攥紧了拳头,美云的死对他和东珠而言是一个打击,也极为愤慨。美云本就命运凄惨,没想到又遇上了赵唯仁这个混蛋。

"准备好了吗?"贵生问这句话的时候,一大片的黑暗从很高的地方压下来。

东珠看着这些黑暗把自己和贵生都包裹起来,然后她说:"走。"

赵唯仁端着酒瓶子在甲板上喝酒,他想吹吹海风,也许海风会吹散自己对美云的念想,也能让自己醉得更快一些。

赵唯仁一个人喝着酒,醉意蒙眬。东珠撞进他怀里的时候,手里的酒也泼了他一身。赵唯仁打了一个趔趄,差点向后倒去。东珠连连道歉:"赵公子,对不住,我的高跟鞋断跟了。"

赵唯仁的手胡乱在空中挥了几下:"别碰我。"

东珠要去扶赵唯仁,说:"我扶你进屋吧,给你醒醒酒、换件衣服,好不好?"

"走开!"赵唯仁的嗓音很响,他有些不耐烦,连看都不看东珠一眼,摇摇晃晃就自顾自地走开了。

东珠望着赵唯仁的背影,有一些茫然。她回头的时候,看见贵生正往这里看,于是,她脱掉了断了跟的高跟鞋,慢慢朝贵生走过去。

眼前的这一幕,躲在暗处的郭早风也瞧得清清楚楚,他想,这次航行可真是有趣极了。郭早风走到东珠身边,笑了一下,说:"赵唯仁喜欢的是畸形人,对正常人可没什么兴趣。"

郭早风的话,一下子就解开了东珠内心的疑惑。这么看来,光靠自己和贵生是没办法教训赵唯仁了,得找个畸形人同事帮忙。贵生的脸色十分难看,他已经从登记表上得知,赵唯仁是东升银行的公子,而东升银行则是自己父亲的债主。贵生很小的时候就失去了父亲和母亲,这都是东升银行逼迫的,要是自己不狠狠教训一下赵唯仁,难解心头之恨。

郭早风偷偷在自己的房间里设置了一个十分小型的暗房,他已经把刚刚偷拍的照片都洗出来了。他一张张翻看着,越往后翻他就越兴奋。郭早风早就打听好了顾雍的房间位置,并且他也打听好了,顾雍和那个叫高婕的女法医去了他母亲的住处,郭早风觉得是时候要去"拜访"他们一下了。所以,他离开甲板以后就钻进了顾雍的住处,掀开帘子的一瞬间,郭早风手里的快门"唰唰唰"按个不停。

郭早风显得异常兴奋,他按快门的速度也越来越快。

一笼笼的小白鼠，胡乱堆放的医疗器械，带着血迹的手术台……这些发现，让郭早风深感这次上船是正确的选择。

郭早风露出了一抹深邃的笑意。他收起了照相机，缓缓关上了顾雍房间的大门。

华良见到赵唯仁之前，赵唯仁正在一个人喝闷酒。

他住在贵宾间，房间内饰豪华，沙发座椅一应俱全，甚至还有单独的咖啡间。赵唯仁坐在沙发上，手里捧着一个高脚杯，摇头晃脑地自言自语着什么。他面前的茶几上，歪七竖八地倒着几个空的葡萄酒瓶子。

赵唯仁的眼前忽然就浮现了美云的身影，他伸手去摸，却什么也触及不到。赵唯仁上船来，就是为了"畸形秀"上那些长得稀奇古怪的人，要不然，他可没这兴致。美云的死，让赵唯仁感到无比可惜，所以他要喝酒，也许喝醉了就好了。

华良和莫天并排站在赵唯仁面前的时候，赵唯仁的脑袋已经发晕了。

"赵公子。"莫天在赵唯仁的对面坐了下去，也给自己倒了一杯酒，浅尝一口后说，"好酒，张裕的'双麒麟'。"

赵唯仁冷哼一声，说："看来莫大公子不仅会破案，还懂品酒。"

莫天正要说话，华良截了过去，说："酒瓶子上写着牌子呢，赵公子，对美云的死你有什么需要讲的？"

赵唯仁显然是有一些醉了，他踉跄着站起来，将酒杯在华良的胸口碰了碰,说:"我有什么要讲的?人不是我杀的,我能讲什么?"

"就讲讲你昨天晚上都干了什么。"莫天把赵唯仁按回了座位,又给他的酒杯添上了新酒,说,"慢慢喝,慢慢讲。"

赵唯仁一口气把酒都喝完了,他喘着粗气,顿时阵阵醉意袭来,弄得他有些头晕目眩。从昨晚开始,他就一直在喝酒,既因为和几个朋友小聚而痛饮,又因为舞台的扫兴而喝。其实详细的情形赵唯仁已经记不太清楚了,他只记得自己醒来的时候,已经躺在自己房间的床上了。赵唯仁清醒以后,就听见外面有嘈杂的声音,一问服务生才知道,美云被杀了。赵唯仁着实吓了一大跳,自己刚对美云动手动脚的,她这就死掉了,万一有人怀疑到自己身上,自己昨晚又喝得烂醉如泥不省人事,真是说都说不清楚。

"也就是说,没人能证明昨晚你究竟做了什么。"华良摸了摸青光光的下巴说。

"喝酒啊!"赵唯仁显然是有些急了,"顾雍和另外几个一块儿喝酒的都能证明。"

这番话,莫天可不全信,他们只能证明和赵唯仁喝酒了,并不能证明他酒后干什么去了。

赵唯仁一拍茶几,酒瓶子和酒杯就跳了一下,他满脸的叹息:"美云的腿在我眼里可是最完美的物件,现在她死了,真是可惜,太可惜了。"

莫天朝华良看了一眼,东升银行和莫氏银行曾有一些战略上的合作,所以莫天和赵唯仁是老相识了。莫天喜欢捣鼓奇奇怪怪的东西，赵唯仁喜欢研究长得奇奇怪怪的人，从某种程度来讲，两人还真有点相像。

华良接过莫天的酒杯，闻了闻说："真是好酒。"

9

郭早风敲开了东珠的房门，他是一个人来的。郭早风把偷拍东珠和贵生的照片放在了桌子上，阴阳怪气地对东珠说："你到底是什么人？"

东珠一张一张翻看着照片，但她没有看完就把照片放回到了桌子上，说："一个女人。"

"一个充满秘密的女人。"郭早风冷"哼"一声。他接着说："你为什么要上船？"

东珠眉头轻锁，回道："看海。"

郭早风跷起二郎腿，点了一根烟，呼呼抽了两大口后，他说："恐怕另有原因吧。"

东珠看着郭早风粗糙的脸，说："你们记者都喜欢无中生有么？"

郭早风的眼神突然就变得森冷，他就这么注视着东珠，说："你的声音好像不太一样了，上次我就注意到了。"

东珠笑了一下，说："做你们这一行的，是不是都有些神经质？"

郭早风站了起来，他绕着东珠转了一圈，目光一直都在东珠的身上游走："也许吧，要么你直接告诉我一切，也省得我费力去调查。"

郭早风绕到了她的背后，他缓缓伸出手，准备扯掉东珠的帽子。他早就想这么做了，从上船见到东珠开始到现在，她一直都戴着帽子。

"你最好别动。"东珠站了起来，转过身对着郭早风说，"好奇心会害死猫的。"

郭早风果然就不动了，他咧着嘴，笑着说："再给你看样东西。"

郭早风拿出来的，是一份报纸，报纸泛黄，似乎很多年了。东珠看见报纸头条上写着一则消息，顾无为私会电影明星，旁边还配着一张顾无为的侧脸照。

郭早风的眼睛亮了一下，他说："对于顾无为，你不想说点什么吗？"

东珠的喉咙上下滚动了一下，说："他是顾氏的当家人，我听说过他。"

郭早风把报纸推到了东珠面前，然后起身，留下了最后一句话："你们之间一定是有秘密的。"

东珠不再说话了，她就站在那儿，眼睁睁看着郭早风走出了房间，一会儿就看不见了。东珠不明白郭早风在说些什么，自己为什么会和顾无为有秘密？她想立马跑去找贵生，这艘船上的人实在太奇怪了。

就在东珠收拾好照片准备去找贵生的时候，有人敲响了房门,敲门人说:"我是华良。"

华良进门的时候,东珠已经把照片藏好了。

此刻,华良就坐在郭早风坐过的位置上,打量着东珠房间里的一切。东珠的房间和美云的不同,虽然陈设也相对简单,但可以看出来,是按照游客标准安排的。东珠似乎很喜欢白色,在她的房间里,什么都是白的,就连洗脸盆都是白色的。

"你不觉得这是雪一样的世界么?"东珠望着华良,她知道华良心里在想什么。

华良收回了目光,这个时候,他瞧见了自己脚边有一个烟蒂,踩烟蒂的人力道很重,以至于烟丝踩得到处都是:"郭早风来过。"

东珠吃了一惊,她突然感到一股压迫感,从她的脚底涌上来。东珠想不明白,华良是怎么知道来的人一定就是郭早风呢?仅凭一个烟蒂可说明不了什么,于是她说:"烟蒂吗?是我抽的。"

"整个房间都是白色的,并且打扫得十分干净,这样一个烟蒂出现在这儿是很惹眼的。"华良把说话的语速放得很慢,"这儿没有一个烟灰缸,也没有火柴,说明东珠小姐是不抽烟的;烟蒂的头上有被咬过的痕迹,我见过郭早风抽烟,他就喜欢咬烟头,而且,他抽的也是'哈德门'。"

"华良不愧是上海滩的神探,当真是什么都瞒不过您。"东珠用手捂住脑门,她的嗓音比之前要清脆许多。

"看来郭早风拍了不少照片。"华良说这句话的时候,眼睛是朝枕头的方向看过去的,在枕头底下,是东珠塞进去的照片和一份泛黄的报纸。

东珠走到华良面前,她慢慢蹲下身子,拾起了烟蒂,将烟蒂丢进了垃圾桶。然后她坐在床边,紧紧迎合着华良的眼神:"郭早风是来卖照片的。"

"这是他赚钱的门道。"华良顿了顿,说,"你究竟是谁?"

东珠整个人都怔了一下,她的眼神从华良那儿移开了:"东珠,我说过了。"

房间里什么声音都没有了。良久,华良开口打破了这份寂静,他说:"东珠小姐,你为什么要上船?"

"好玩。"东珠平复了下自己的情绪,从华良的话里,她听出来了,人家已经知道了自己的身份是假的。华良她倒是不担心,可要是郭早风把自己假身份的事情抖出去,贵生就会倒霉了。

"美云有和什么人结过仇怨吗?"华良问话的时候,眼睛一直都在观察着东珠的一举一动。

"没有。"东珠回答得很爽快,"美云是个很善良的人。"

华良没有再问下去,他起身告辞,出去的时候,顺手把房间的门关上了。塞进枕头底下的报纸,只露出了一点,不过华良看得很清楚,上面写着"顾无为"三个大字。这下,华良百分百确定了,郭早风上船的目的,和顾无为有关,而顾无为又和东珠有着千丝万缕的联系。

华良深深吸了一口气,他想,"圣慈号"入海真是越来越远,越来越深了。

华良离开东珠那儿不久,就碰见了莫天,莫天是专门来找他的。

莫天一把拉起华良,将他拉进了自己的卧室,在确定没人后方问:"发现什么没有?"

华良摇摇头,截至目前,自己并没有发现什么大问题,不过他相信郭早风的说法不是空穴来风,东珠的身上的确是藏有秘密的。

莫天也对东珠的真实身份感兴趣,因为赵唯仁大闹舞台那一次,他也注意到了,东珠的气质、谈吐包括西方礼仪,都和初见的时候不一样。他反倒认为,甲板上不懂礼仪的东珠倒像是装出来的,毕竟这些东西都是不能速成的。

"圣慈号"游轮仍在大海上行进着,海风变得猛烈了,吹得游轮有一些摇晃。华良觉得,有必要盯一盯郭早风、东珠和贵生,这三个人都很不简单。华良朝去东珠房间的方向望去,他呢喃着:"东珠,你究竟是谁……"

华良记得东珠藏起来的那些照片里,有一张的背景建筑物十分眼熟,是红色屋顶的塔楼。华良很清楚,那是流浪汉集中营后面的楼房,是那儿的标志性建筑。由于没有看清楚整张照片拍的是什么,华良也就没有继续猜下去。倒是莫天,忽然想起了一件事:"我忘了告诉你,我们去流浪汉集中营的时候,有个小男孩在那儿画画,画的是一个长着两张脸的怪物，当时就觉得有些奇怪，感觉那个男孩精神不太正常。"

东珠房间的那张照片拍摄地肯定是流浪汉集中营，那么，郭早风找东珠是为了什么，和流浪汉集中营有关么？华良隐隐觉得，东珠和流浪汉集中营以及小男孩的诡异涂鸦，这些东西之间似乎有着千丝万缕的联系。美云和东珠、贵生是相识的，说不定美云就是流浪汉集中营里出来的，那儿一直都聚集着一些畸形人。

莫天有着自己的想法，他觉得小男孩的涂鸦暗示的是双重人格，东珠在甲板上和舞台上的言行不太一致，很有可能就是双重人格的缘故。一想到这儿，莫天就浑身兴奋了起来，他立马打电话给安德森，拜托安德森去查一查涂鸦的事情。

此时，船外的海风越吹越猛，像箭雨一般。

10

高婕去了顾雍母亲的房间，这是她早就和顾雍约定好了的。顾雍的母亲夏瑛是个虔诚的天主教徒，由于受母亲的影响，顾雍也是信奉起基督来了。其实高婕在英国留学期间见过夏瑛，她记得自己陪着夏瑛在泰晤士河畔散过步。在高婕的记忆中，夏瑛温柔知性，是一位十分知书达理的大家闺秀。

高婕和顾雍见到夏瑛的时候，夏瑛正在参拜基督的神像，她身旁站着的，是一位叫石谭森的神父。高婕一踏入房门，夏瑛就笑了。对于高婕，她自始至终都是欢喜的。夏瑛拉住高婕的手，把她领到了耶稣的神像前，说："听讲有个'畸形秀'演员出事情了，真是造孽哟。"

"顾太太，我们很快就能查出凶手的，您就宽心些吧。"高婕说。

夏瑛起身的时候握住了高婕的手，说："生分了，以前你都叫阿姨的。"

"阿……阿姨。"高婕朝顾雍看了一眼，突然觉得气氛有些尴尬。

夏瑛抚摸着高婕的手背，满眼欢喜，她说："我正在为演员和观众们做祈祷，希望这样的事情不要再发生了，你来了也好，让我这颗悬着的心多少有些落下了。"

夏瑛对畸形表演秀的事情是充满担忧和负罪感的，她曾无数次劝说过顾无为，只可惜顾无为利欲熏心，根本就听不进去。她听说美云被害的事情以后，就更加寝食难安了，嘴里一直都在念叨着："主啊，宽恕他们吧，主啊，原谅他们吧。"

石谭森神父是夏瑛特意带上船的，他是圣约翰教堂的神父。夏瑛每次做礼拜都会去圣约翰教堂，和石谭森神父私交甚好，每次心神不宁，她都会和神父交谈。听石神父讲，畸形表演秀在美国可以说是风靡一时，很多人都靠着畸形人的表演来赚钱。不过现在人们慢慢发现有的表演并不人道，渐渐地就出现了抵制的声音。

夏瑛放开了高婕的手，她突然间整个人都在发颤，她的脸色变得有些苍白，口中不断念着："我有罪，请主宽恕……我有罪，请主宽恕……"

高婕想说些什么，被顾雍拦住了。石神父将夏瑛带了进去，夏瑛仍在反复念叨着这句话，和之前和蔼的形象完全不同，像是魔怔了。

顾雍带高婕出了房间，两人上了甲板，一阵又一阵柔和的海风吹来，将两人包裹了起来。顾雍有一些不好意思，所以他欲言又止。高婕没有看他，但是她能感受到顾雍想解释什么，于是她先开口说："你妈妈好像身体不太好。"

"老毛病了。"顾雍把目光望向了遥远的海面，那儿有着更辽阔的天地，"也许就是这'畸形秀'给闹的。"

"最好去看看医生。"高婕捋了捋凌乱的头发，还没等顾雍回答，她突然话锋一转，说，"你的不告而别，是因为什么？"

顾雍愣了一下，他知道高婕问的是学生时代，但他有些犹豫要不要告诉高婕，毕竟这件事情给高婕留下了很深的伤痕。顾雍苦笑了一下后，转而对高婕说："其实我在大学时代就一直在研究如何治愈畸形人，但是教授并不允许这样做，他觉得万事万物都有其生长规律，我们不能扭转也扭转不了。"

"你说的治愈畸形人，指的是哪种治愈？"高婕还是头一回听说,有人要治愈畸形人的。

"一提起这个,顾雍的眼睛里是泛光的,他说:"肢体再生,去除多余。"

"教授向来不会做激进的研究。"高婕终于明白为什么教授会不同意了,因为这样的想法本身就太疯狂了。

顾雍点点头,继续说:"但我一意孤行,仍然坚持着自己的研究,终于有一天,教授怒了,他不再让我进入实验室。没办法,我只能偷取学院的尸体和设备进行研究,结果被发现了,学校勒令退学,并且强制回国。当时我的研究有了一点儿成果,所以回国后我也一心扑在研究上,就这样……"

"治愈畸形人是不可能的事情。"高婕想,如果换做自己是教授的话,也断然不会让研究继续下去的。

"走,带你去见些东西。"顾雍做了一个"请"的手势,他心里也是清楚的,没有人会觉得畸形人是可以被治愈的,其实一开始,他心里也没底。但他始终坚信,医学是会进步的,以前人们觉得不可能治愈的病,如今已经可以治愈,就如同现在不可能的事情,将来也许就可能了,但这个可能的前提是,得有人去想,去试,去做。

这个时候,华良带着莫天也上了甲板,他们是专门来找顾雍的。华良看见高婕就站在顾雍的身边,他俩挨得很近,高婕的白色裙摆被海风吹起,像一朵直立着的雪花。华良没有和两人客套,他是直奔主题的:"顾公子,赵唯仁讲昨晚你和他一道喝酒了,有这事儿吧?"

"有，我组的局。"顾雍转身对华良说，"他是我的发小，长久不见了，约出来喝喝酒，还有一些别的朋友。"

"别的我们都问过了。"莫天上下打量着顾雍，说，"你组的局，你不会是故意组的局吧？帮赵唯仁洗脱罪名。"

顾雍笑了，他笑得很爽朗："莫公子真会开玩笑，高婕说过，美云是后半夜死的，我们的酒局十点多就散了，我要帮他洗脱罪名也该说成是后半夜呀。"

华良也笑了，他看着顾雍清秀的面庞，说："顾公子别介意，我们这位神探先生向来是个幽默的人，爱开开玩笑。"

高婕没有说话，她只是静静地看着面前的三个男人。

顾雍也不去理会莫天了，他对高婕说："我们走吧。"

华良和莫天也跟着去了，他们进了顾雍的卧室，一进门，华良就闻到了一股奇怪的气味。和赵唯仁的卧室相比，顾雍这儿就相对简朴了一些，不过地方倒是要比赵唯仁的大。在卧室的正中央围着一块幕布，顾雍一拉开幕布，映入华良等人眼帘的，却是一张长方形的会议桌，桌子上堆满了各种各样的实验仪器和四只笼子，笼子里装着的都是小白鼠。

"我的实验室。"顾雍简单收拾了一下，说，"船上只能这么将就。"

莫天围着整张会议桌转了好几圈，顾雍的实验室比他家的小太多了，可麻雀虽小五脏俱全，该有的东西却是一样也不缺。莫天还找到了几件他完全没有见过的实验用具，又是问高婕又是问顾雍，然后一一记下来，准备回去的时候添置上。

华良吸了吸鼻子,刚进门的奇怪气味,看来就是这些实验用品和小白鼠散发出来的了。他不禁再次朝顾雍看去,在这样充斥着奇怪味道的房间里又要做实验又要睡觉,恐怕就只有顾雍了,毕竟这是他热爱的事情。

顾雍从笼子里挑出了一只连体的畸形小白鼠,在他身边的莫天倒是看得清清楚楚,笼子里装着的小白鼠,全都是畸形的,不是多手就是少腿。

"给你们瞧瞧我的成果。"顾雍给这只连体小白鼠打了麻醉药,然后将它放在了手术台上。顾雍是微笑着做完这台手术的,他沉浸在自己的世界里,仿佛周围什么人也没有。手术十分成功,连体小白鼠被成功分离成了两只。最后的缝合手术是由高婕来完成的,顾雍要让她知道,自己的研究是可行的,是能造福世界的。

麻醉药药效过了以后,两只小白鼠开始有了意识,没过多久,它们就各自动了起来。

"成功了。"顾雍看着自己的作品,脸上写满了自豪。

华良和莫天对视了一眼,两人就离开了顾雍的卧室。在离开前,华良对高婕说:"和你相爱的人,果然都不是什么正常人。"

高婕愣了一下,她突然感到有些失落,自己对法医学的爱好也不被人所理解,或许就跟顾雍的研究不被人认同是一样的。她没有回复华良说的话,而是看着那两只鲜活的小白鼠,她想,或许畸形人真的是能治愈的,只是时间问题。

华良迈出顾雍卧室的时候，多说了一句，他说："你和他不是同一种人。"

然后，他和莫天就离开了，头也没回。

11

与此同时，喝醉酒了的赵唯仁偷偷摸进了小莲的房间。

小莲和美云一样，都是"畸形秀"的演员之一，不同的是，美云多了两只脚，而小莲既没有双手也没有双脚，常年都被盛放在一个巨大的盘子里或者装在一个特制的花瓶里展出。赵唯仁上船前就和威廉通了气，他要出高价买下小莲，以便自己可以把玩。

威廉当然不会放过赵唯仁这个金主，可他算计来算计去，还是觉得把小莲留下来，带着她去世界各地演出会赚得更多，所以拒绝了赵唯仁。买卖不成的赵唯仁并不死心，现在，他趁着四下无人，缓缓打开了小莲的房门……

小莲兀自望向窗外，那儿有一大片的海蓝。小莲是有些神伤的，美云的死，对她打击很大。小莲从小就被父母抛弃了，她流落街头，差点儿就死了。她没有四肢，什么也做不了，比那些多手的或者缺脚的还要艰难困苦，所以她极其自卑。只有美云，时常会来安慰她，陪伴她，和她说说话。美云死了,小莲觉得自己也死了一半。

房门被赵唯仁打开的时候,小莲仍望着窗外,她看得有些呆了,以至于开门的声音也没听见。等她回过神来的时候,赵唯仁的整个身体已经压过来了。赵唯仁像极了一只张狂的野兽,他痴笑着,一双眼睛直勾勾看着小莲,眼睛里是无尽的贪婪。

小莲开始嘶吼,她声嘶力竭,甚至在最后还咬了赵唯仁的耳朵,她说:"你是个畜生。"

赵唯仁笑得更大声了,他说:"对,我就是畜生,我现在就让你知道畜生都会干什么。"

赵唯仁打了小莲一巴掌,在他的眼睛里,小莲的脑袋有些歪斜,然后,他尽情扑了上去。小莲的头晕晕乎乎的,她发出了最后一声喊叫,喊叫里带着绝望。

门被人踢开了,数个黑衣大汉扑了过去,他们拉开了赵唯仁,狠狠地把他按在地上。顾无为从人群中走出来,眼睛里充满着对赵唯仁的不屑。赵唯仁动不了了,但他的眼睛里依旧是无尽的贪婪,他还在笑,他的每一声笑,都灌进了小莲无比恐惧的耳朵里。

与此同时,郭早风像一个幽灵一般,溜进了顾无为的房间。顾无为的房间是整艘游轮里最大最宽敞的,屋里摆满了各种香烟和洋酒。顾无为的房间十分齐整,连一根头发丝都找不出来。郭早风蹑手蹑脚,快速按下快门,他要求证自己的猜测,这可是一个重磅炸弹。

郭早风觉得需要感谢一下赵唯仁，要不是他闹出这么大的动静，自己恐怕等活动结束、游轮返航了都没机会进到顾无为的房间里。他的心怦怦直跳，显得有些兴奋，心里想着，赵唯仁啊赵唯仁，你的动静最好再闹大一点。

郭早风不知道的是，此刻窗外，一双眼睛正在窥测着他的一举一动，那是属于莫天的。

12

赵唯仁死了。

赵唯仁的死，是所有人都始料不及的。

赵唯仁死在了自己的卧室。华良就站在赵唯仁的尸体前，他觉得整个事件越来越有意思了。

赵唯仁的突然死亡，搞得莫天丈二和尚摸不着头脑，他和华良原本还打算就小莲的事情问他话的。赵唯仁的卧室大门是工作人员撞开的，他们一整天都没有见过赵唯仁了，要不是华良想再找赵唯仁问话，也许赵唯仁的尸体还要再迟一些才会被发现。

撞开房门的一刹那，华良和所有人的目光就都被墙上那几个血淋淋的大字给吸引了，血字是这样写的："地狱的狂欢如不停止，血的代价还会继续。"

赵唯仁的尸体是俯面倒在地板上的，他的眼睛瞪得滚圆，瞳孔早已散开。现场并没有打斗的痕迹，赵唯仁的背脊插着一把匕首，匕首插得很深，只有一个刀柄留在肉外，他的手里仍握着一个高脚杯的杯座，杯身已经碎了，但没有酒。单纯从尸体上来看的话，凶手是从背后偷袭的。茶几上的红酒瓶已经空了，赵唯仁头朝着的方向是一个酒柜，上面放着一个打开了的红酒瓶。

门窗没有被撬的痕迹，而赵唯仁又习惯锁门，不喜欢被人打扰，因此华良断定这个凶手是赵唯仁认识的，是赵唯仁自己开的门。茶几上的红酒喝完了，所以赵唯仁又重新在酒柜上开了一瓶酒醒着，这个时候，熟人进来了，等赵唯仁转身去倒酒，来人就从背后杀死了他。所以，命案现场才没有打斗的痕迹。

高婕是后来进来的，她蹲下来，开始对赵唯仁的尸体进行初步检查。趁着这个空当，华良绕着赵唯仁的房间走了几圈，不时也蹲下身子来，或闭目沉思，或喃喃自语，仿佛整个世界只有他自己。

赵唯仁的脚部正对着的是房间的大门，此刻，华良正站在大门边，整个房间在他的眼里一目了然。沙发是在赵唯仁尸体的右手边，沙发有两张，一张长的、一张短的，两张是紧挨着的。沙发前面是一张茶几，茶几上只放着一个空酒瓶，其他什么也没有。赵唯仁尸体的左手边，是他的床，床边有一个床头柜，柜子上放着一张他自己的照片。照片上的赵唯仁骑在一匹棕色的马上，神情愉悦。床上散落着几件衣服和一条皮带，其中一件衣服上有红酒渍。在床的另一边，是一个衣柜，衣柜里除了衣物，还塞着一个皮箱，皮箱里什么也没有。

赵唯仁尸体头部正对着的，就是酒柜了，血字就写在酒柜的正上方，血已经凝固了，变成了灰色。酒柜的旁边有一扇玻璃窗户，没有窗帘，从这儿望出去，可以直接看见大海。高婕看了看墙上的血字，又看了看地上的血迹，说："今天白天阳光较好，温度适宜，阳光从窗户直射进来，照在血液上，加速了血液颜色的变化和凝固的程度，照这个来推断，此人已经死了十五个小时以上了，现在是下午三点二十四分，他应该是在凌晨一点半之前遇害的。"

华良没有说话，他安静地看着高婕将赵唯仁的尸体侧摆，赵唯仁的尸体已经僵硬了，所以高婕需要用手扶住才能查看尸体的正面。

丁零一声，钥匙掉到了地上。

高婕捡起了钥匙，把它扔给了莫天"钥匙没放在口袋里，是从衣服褶子里掉出来的。"

房门是用钥匙反锁的，而备用钥匙需要登记并且船长签字以后才能拿到，华良翻了登记簿，记录是空白的，没人领用过。

尸体离门的距离，目测在一米左右，房门的缝隙钥匙是塞不进来的，就算能塞进来，也无法放在尸体的衣服褶子上，凶手要怎么才能做到呢？华良也蹲了下来，他的目光里，有几只小蚂蚁正在尸体的衣服上爬行。

华良还注意到，从门口到尸体这儿有一道浅浅的水渍：

"能推断出来吗，水渍是什么时候形成的？"

"十几个小时了，确切的数据暂时无法判断，但和死者被害的时间应该相差不大。"高婕早就注意到了这条奇怪的水渍，尸体周围，甚至整个房间都找不出来一个水桶，而从水渍的流痕来看，分明就是有人从外面倒了水进来。

"太奇怪了。"莫天是越来越搞不懂了。

顾无为走到华良面前，说："你要尽快破案。"

华良知道，单纯发生一起命案，顾无为或许可以搪塞，但接连发生命案，嘉年华势必受影响。顾无为答应给自己游轮所有地方的通行权以及所有工作人员的调配，但也给华良限定了时间，希望他能在两天内破案。

"顾叔叔，嘉年华是不是可以停一停。"高婕是担心的，毕竟现在还不清楚会不会有第三、第四个被害者，"或者，直接返航。"

"华探长，多帮忙了。"顾无为只是看了高婕一眼，并没有正面回答她的话。

华良晓得顾无为的心思，此次嘉年华的重头戏慈善募捐晚会尚未举行，现在停止或者返航，那损失是不可估量的。他现在没有时间去想别的问题，顾无为给了两天的时间，至少这两天内自己查案是畅通无阻的，自己必须抓住这个机会，将凶手绳之以法。

莫天回想着美云一案，说："这肯定是连环杀人案，凶手是同一个人，因为杀人手法都是经过深思熟虑的，而且都是用刀杀的。"

"不对。"高婕打断了莫天的话,说:"赵唯仁案和美云案有很大的不同,美云案是他杀伪装成自杀,而赵唯仁案是明显的他杀,凶手完全没有伪装。而且,我已经对刀伤进行了比对,杀死两人的刀并不是同一把。"

"也许凶手觉得没有必要再伪装下去了呢?"莫天说完,转身向华良看去,他希望华良是站在自己这一边的。

华良一时也难以判断,但他觉得,就算两起案件有不同的地方,可隐约之间,还是存在着某种联系的。这种联系,就是畸形人。美云本身就是畸形人,而赵唯仁是迷恋畸形人的人。华良命人对赵唯仁的命案现场进行了封锁,由几个黑衣大汉把门,其他看热闹的人也就自然散去了。

接下来,华良要对大家进行一一问话,取得所有人的不在场证明。贵生是第一个接受问话的,毕竟美云一案中,他的嫌疑是赵唯仁之后最大的。贵生进来的时候,华良看到,太阳开始下落,海平面缓缓升起了一片紫红色的晚霞。

莫天对华良说起了那晚郭早风潜入顾无为房间的事情,郭早风一直都在拍照,拍遍了角角落落。他其实闹不明白,郭早风到底在拍些什么东西。华良倒是心里有点眉目了,他想起来了,郭早风曾经也调查过顾无为,当时顾无为正和一个女明星不清不楚。

听华良这么一讲,莫天倒是也有所回忆。顾无为和女明星的事情当时传得满城风雨,听说那个女明星还怀了顾无为的孩子。不过,不知道什么原因,后来就再也没有这方面的消息了,女明星也不知所终。莫天突然明白过来了,郭早风是想旧事重提，要是顾无为和女明星还有瓜葛，那可比偷拍名媛值钱得多。

"顾无为和女明星的事情早就不新鲜了，郭早风应该不会这么傻。"华良倒是有自己的看法，"如果那位女明星真的怀了顾无为的孩子，并且生下来了，这个消息才是能掀起新风雨的。"

莫天点点头，看来自己要更加紧盯郭早风的举动了。

贵生再次站在华良面前的时候，华良直接对他说："贵生，你和东珠找过赵唯仁的麻烦。"

华良是从船长那儿得知的，船长说他巡船时看见东珠在和赵唯仁拉扯，好像还往他身上泼了酒，后来就跟着贵生离开了。

贵生笑了一下，什么也没说。

华良从怀里掏出了一朵假的白色茉莉花，他是过了一会儿才开口的，他说："因为美云？"

"因为美云。"贵生终于开口了，"美云是我在船上唯一的朋友。"

华良去贵生房间的时候就知道他们三个人是老相识了，所以他一点儿都不惊讶。

"赵唯仁就是个混账。"贵生交代，在赵唯仁去调戏小莲之前，自己和东珠就想要教训一下赵唯仁，替美云出口恶气。东珠故意把酒泼在了赵唯仁的身上，想勾引赵唯仁，把他勾引到游轮的仓库里，然后和贵生将他一顿痛打。可惜的是，赵唯仁并不吃这一套，他对东珠的表现极其冷淡。东珠和贵生想要再次拟定计划的时候，却发生了赵唯仁调戏小莲的事情，而随后，他就死了。

华良听明白了，所以，在赵唯仁房间的床上，才有那件换下来的有红酒渍的衣服。

贵生离开以后，华良对莫天说："去把郭早风找来。"

郭早风到了以后，从头到尾就说了一句话，你们去查东珠。关于其他的，无论是莫天问还是华良问，他都没有作答。

华良认为，这个郭早风一定是发现了什么。华良很清楚，郭早风这样的人，钱是唯一能和他搭上话的东西，他偷拍那么多东西，不就是为了卖个好价钱么。要和这样的人谈生意，钱是最好说话的。

华良离开了座位，走近郭早风，说："郭早风，我们来场交易吧，你开价。"

郭早风当然是答应的，并且，他还相当开心，因此，他还多告诉了华良一点儿，东珠的身份是假的，也许她真正的身份会让人大吃一惊呢。

对小莲的问话，是最后进行的。华良见到小莲的时候，她的情绪已经平复得差不多了。当然，小莲不是凶手，华良是清楚的。虽然她受到了赵唯仁的冒犯，但她无手无脚，行动不便，不可能杀害一个手足健全的大男人。

小莲的眼睛里一直都泛着泪光,她只是不断重复着,赵唯仁想要对自己不轨,自己很想去死。她甚至还要谢谢凶手杀掉了赵唯仁,就算不是为了她,她也很是欣慰。

对于小莲,华良也没有过多提问,他只是说:"真相终究会水落石出的。"

夜很快就来临了。华良知道,夜是许多人或事最好的伪装。

但,夜也终归是要亮的。

13

"畸形秀"主管威廉再次出现在华良的面前,他操着一口不算太流利的中文说:"华探长,我的小蛇花花被偷了,它很重要。"

小蛇花花是威廉为最后一场"畸形秀"表演准备的,是一条训练有素的眼镜蛇,只要听见特定的笛子声,它就能跳舞。华良让莫天陪着威廉去找花花,两宗命案尚未解开谜底,他分身乏术。莫天可不情愿去,哪有福尔摩斯去找蛇的道理:"你吹着笛子去找啊,我忙着办案呢。"

威廉很是着急,一着急话就说不流利了。华良也听不清他在胡扯些什么,在莫天的耳边低声说道:"花花在这个节骨眼上不见,也许和案子有关。神探,你就去找一找,也许会有意想不到的发现，破案的关键就在你身上了。"

华良话音刚落，莫天和威廉就快步走出了房间。华良想去赵唯仁的命案现场再看一看，又想去找高婕。高婕此时正在顾雍的房间对赵唯仁的尸体进行解剖，整艘游轮，也只有顾雍那儿，能找到解剖的工具了。最终，华良还是去了赵唯仁的命案现场，因为他忽然不知道自己见到高婕以后，要讲些什么了。

莫天由威廉领着，来到了"畸形秀"的后台。在这儿，他见到了一个只有一张凳子大小的蛇笼，蛇笼的笼门被人强行掰开了，铁丝网歪七扭八的，果然是遭了贼了。莫天凑近去看的时候，一股蛇腥味儿扑面而来。莫天拎了拎蛇笼，发现蛇笼后面有一根铁索锁着，难怪小偷要掰开蛇笼而不是整个端走了。

"畸形秀"后台有两个出口，一个是侧门，一个就是舞台。莫天沿着蛇笼走到侧门，又走到舞台，连半个脚印都没有发现。

"吹笛子。"莫天用手肘撞了撞威廉，说，"用笛子的声音引蛇出来。"

于是，威廉就坐在后台吹笛子了。莫天一把夺过威廉手里的笛子，说："你沿着船吹，你坐这儿吹，风这么大，谁听得见。"

威廉听莫天的，又吹上了笛子。他沿着"畸形秀"后台开始往舞台吹，然后走出舞台，沿着客房、船员房、演员房吹。莫天就跟在他的后面，他竖着耳朵，仔细辨别着各种声音,希望能以此找到小蛇花花。

不得不说,莫天的法子奏效了,他们真的就找到了小蛇花花。小蛇花花是在贵生的房间里找到的,这让莫天和威廉有些诧异。小蛇花花被重新装进了笼子里,威廉用铁丝重新加固了。威廉把小蛇花花放进笼子之前,还对它进行了全身检查,小蛇花花可是他赚钱的好工具,要是受了伤,那自己得心疼死。

"奇怪,它的身上黏黏的。"威廉皱着眉头,小蛇花花虽然没有受伤,但它原本光溜溜的身子,如今却黏黏糊糊的,不知道粘了什么东西。

莫天也大着胆子去摸了一把,的确有一些黏度,他也闹不清楚是怎么回事:"可能是贵生屋子里的什么东西沾到了吧。"

贵生是在笼子加固完以后,由一个黑衣大汉带着进舞台后台的,他一进来就连声说"对不起"。

威廉伸手想去打贵生一巴掌,被莫天拦住了。莫天对贵生说:"贵生,你不怕蛇?"

贵生没有开口,倒是威廉替他说的:"这小子也会吹蛇笛,他来应聘的时候我教过他,想不到我好心教出个白眼狼来。"

莫天还想要问什么的时候,贵生突然拔腿就跑,他推开了黑衣大汉,脚下像是生了烟一样冲出了后台。莫天是最快反应过来的,他随手抓过身旁的一个木桶,朝贵生砸了过去。木桶不偏不倚,正好砸中贵生的小腿,贵生一个重心不稳，跌倒在地。

　　黑衣大汉和威廉立刻就制服了贵生，这一回，威廉的巴掌硬生生甩在了贵生的面庞上。莫天走过去，对贵生说："贵生，除非你跳海，不然逃不掉的。"

　　"跳海就是个死。"威廉啐了一口，骂道，"小赤佬，不老实交代现在就把你扔海里，逃都不用逃。"

　　贵生的脸涨得通红，他不敢去看威廉，甚至，连身旁的黑衣大汉都不敢看，他就一直低着头，在不断的道歉声中，讲出了缘由。他偷蛇的原因很简单，就是为了钱。贵生从小就吃苦，知道有了上顿没下顿是个什么滋味儿，来"圣慈号"工作可赚不来几个钱，所以他就盯上了小蛇花花。小蛇花花能够闻笛起舞，他觉得能卖个好价钱，最关键的是，小蛇容易带下船。

　　"等'圣慈号'返航了你就滚蛋吧。"威廉的胡子都立起来了，贵生他是一定要开除的，要不是船上有巡捕房的人在，说不定他立马就叫人把贵生丢进大海里喂鲨鱼了。

　　威廉从后台的抽屉里取出一堆资料，从中抽出了贵生的，扔在了地上。莫天拾起来，翻看了一下，上面写的资料并不详细，只写着贵生是个孤儿，上海本地人，在流浪汉集中营居住过一段时间。偷蛇去卖的事情，在莫天看来并不大，所以，他把贵生交给了威廉："人我交给你处置，毕竟这是你们内部的事情，但你不能对他怎么样，我以后还要来问他事情的。"

　　威廉点头称是，既然莫天这样说了，他也不好为难贵生，顾无为早就放话了，要全力配合华良和莫天。莫天离开以后，威廉就让黑衣大汉把贵生带离了后台，他警告贵生，不要再打小蛇花花的主意，并且，他已经被开除了，不能继续做服务生，更重要的是，不允许他再进入后台。

莫天一离开后台，就径直来到了赵唯仁的命案现场。他看见华良正站在门口抽烟，于是他也叼上了烟斗，说："蛇找到了，贵生偷的，我还看到了他的资料。"

莫天把贵生的资料放到华良的手上，指着上面的几行字说："你看。"

华良不置可否，这个时候，安德森给莫天打来了回电。电话里，安德森告诉华良和莫天，他们走访了流浪汉集中营，也找到了那个画画的小男孩。据男孩的父母说，流浪汉集中营里住着一些畸形人，很多人把他们当成怪物，小男孩的心里有阴影，所以才会画一些乱七八糟的东西。除此之外，安德森还说，他们打听到了，有一对兄妹曾经住在流浪汉集中营里，和一个长着四条腿的女孩走得很近，不过最近他们都不见了。

安德森问华良："是不是被那个专杀畸形人的恶魔抓走了？"

华良否认了，因为他已经清楚了，四条腿的女孩是美云，而那对兄妹，很有可能就是贵生和东珠。他忽然间觉得，在船上的每一个人都是深藏秘密的。

除此之外，安德森还调查到了更有价值的线索，顾无为之所以无情抛弃了金玉妍，除了他的太太夏瑛阻挠以外，最重要的是，金玉妍诞下了一个双面怪胎。安德森找到了当初为金玉妍接生的医生和护士，他们一提到这件事情，每个人的表情都是惊恐万分的。由此可见，那个小男孩画的画，并不是胡乱画的，他见过这个双面怪胎！

郭早风一直都对东珠很上心，华良一下子就明白过来了，东珠兴许就是顾无为的私生子。既然金玉妍诞下的是一个双面怪胎，那么就很容易知道东珠是不是了。于是，华良约了东珠在房间里见面，他对东珠说："东珠，又见面了。"

东珠只是浅淡地笑了一下，没有回话。

这个时候，假装在钓鱼的莫天，故意将鱼钩甩进了房间，在东珠措手不及的情况下，一下子就勾掉了东珠的礼帽。海风奔涌进来，吹开了她的头发，东珠忙不迭地捂住后脑勺，她显得惊慌失措。

和东珠一样惊慌失措的，还有莫天。莫天捂住了自己的嘴巴，他其实是想大叫的，因为他看见，在东珠的后脑勺处，竟然还长着一张脸！那张脸和东珠长得差不多，此刻，她的眼睛正直勾勾盯着莫天看呢！

东珠一个脑袋长了正反两张脸，任谁都会吓一大跳的。东珠的眼泪水浸湿了眼眶，这是她一直都想要保住的秘密，不是怕人恐惧和嫌弃，而是怕她的妹妹伤了自尊。东珠的妹妹叫南珠，是东珠身体拥有的另一张脸。

华良和莫天各自平复了下心情后，对东珠说："东珠，你放心，我们会替你保守秘密的。"

南珠倒是没有流泪，她还很俏皮地和华良打了一个招呼。东珠觉得自己很对不住南珠，因为自己的脸长在正面，所以南珠一直都活在黑暗里，因为她必须要把这张脸遮盖起来，否则就会给身边的人带来灾难。

东珠和南珠在华良的房间里待了很久，他们也聊了很久，东珠一直都觉得自己亏欠南珠，如果可以，她希望活在黑暗里的人是自己。南珠倒是表现得落落大方，她丝毫没有觉得自己有什么异于常人的地方，她还和华良开玩笑地说："华探长，如果你过来抱我，你就赚了，抱一个人，得到的却是两个人。"

南珠的一番话把莫天逗乐了，莫天朝华良看去，发现华良竟然有些不好意思起来。东珠和南珠离开以后，华良就对莫天说："神探，东珠就是顾无为的私生女。"

莫天摸着自己的后脑勺说："我的脑袋后面要是也长着一张脸的话，那可就惨了，我要往东他肯定要往西，到时候自己打自己。"

华良笑了，莫天这个小鬼，总有些奇奇怪怪的想法。不过，谁都没有注意到，躲在暗处的郭早风无数次按下了快门，把东珠和南珠的真面目拍得一清二楚，他感觉自己浑身的血液都在沸腾。

现在，郭早风埋伏在了顾无为的房间外头，东珠是顾无为的私生女已是事实，说不定什么时候，东珠就会走进顾无为的房间，然后两人抱头痛哭，这样的画面要是卖给杂志社或者报社，简直是天大的新闻。

不过，顾无为的房间外头，可是站满了黑衣大汉，想要进行偷拍，着实有些吃力。夜晚的海风不仅猛烈还很刺骨，郭早风缩了缩脖子，不禁打了一个寒战。

郭早风蹲守了很久，顾无为的房间仍旧一点动静都没有。他觉得这样守株待兔也不是办法，不如主动出击，要是顾无为真有问题，一定会露出狐狸尾巴来的。

郭早风再次打寒战的时候，已经回到了自己的房间。他摊开一张信纸，在上面写了一段话：顾无为先生，众所周知，数年前，您与女明星金玉妍的关系非同寻常，如今时过境迁，金玉妍下落不明，我无意间获知其为您诞下子嗣，也已查明你的后嗣就在船上。您是聪明人，应当晓得怎么做，我需要一笔钱，如果您想好了，就在甲板上放一张座椅，我自然会去见您。

郭早风把信纸塞进了信封，又塞进了一张东珠的背影照，趁着顾无为和黑衣大汉们离开房间的时候从门缝塞了进去。此时，携带着一股腥味儿的海风迎面而来，郭早风笑了，笑得十分阴冷。

14

顾无为读完匿名信，他的内心深处其实是有被撞击到的。这么多年了，金玉妍和那个不知生死的孩子杳无音信，他一直以为她们已经死了。现在，旧事被人重提，孩子就在眼前，这让顾无为不得不在心里有一丝涟漪，即便转瞬即逝。

他朝窗外望了一眼，眼睛里是一大片的黑暗，这让他想起了和金玉妍的那段昏暗岁月。想到这儿，顾无为的心情一下子就变得沉重了，他收回了目光，长长吁了一口气。

顾无为在沙发上坐下来，点上了一根雪茄，他想，必须要先弄清楚信是谁写的。

顾无为拿起照片端详，很明显，照片就是在"圣慈号"游轮上拍的，那么，信也肯定是在游轮上写的，否则这信老早就会送来了。于是，顾无为对身旁的一个黑衣大汉说："去把客人登船时的签名簿拿来。"

等黑衣大汉将签名簿拿来，顾无为便对照着字迹一一进行比对。当郭早风的名字出现在签名簿上的时候，顾无为的目光里闪过一丝凶光："就是此人。"

郭早风的名字，顾无为是有印象的，当年就是他揭露了自己和金玉妍的事情。没想到，这么多年了，郭早风还不依不饶。顾无为烧掉了信和照片，他对黑衣大汉使了一个眼色，说："要干净利落。"

"另外，"顾无为顿了顿，压低嗓音说："如果查到了这个女孩的身份，立刻带来见我。"

顾无为自然是担心的，如果这个女孩儿当真是自己的骨肉，认不认下来倒是其次，主要是当年出了那档子事情，他不能认也不敢认。一旦这个私生子出现在公众的视野里，那么带来的影响将是无法估量的,这点顾无为十分清楚。

顾无为深深吸了一口烟后,闭上了眼睛,他一动不动地坐在沙发上,突然觉得自己如临深渊,一个不小心,就会掉下去,万劫不复。

郭早风哼着小曲儿,晃晃悠悠朝房间走来。看得出来,他喝了酒,还喝了不少,今晚他的心情出奇的好。

郭早风摸索了半天才从口袋里掏出钥匙,他把钥匙插进了钥匙孔,突然,一阵海风掠过,郭早风的背脊阵阵发凉。一下子,郭早风的酒就醒了,他的眼睛睁得很大,仿佛要把黑夜看穿一样。郭早风屏住呼吸,慢慢拔出了钥匙,他的额头上渗出了一丝冷汗,现在,他的酒意完全清醒了。

屋里有人!

郭早风每次出门,都会在门上粘几根头发丝,如果回来的时候头发丝还在,就说明没人进去过。现在,他粘在门上的头发丝不见了,郭早风知道,肯定有人进去过了。郭早风倒吸了一口凉气,如果来人是来杀自己的,那么门一开,自己的小命就玩完了。

遽然间,夜变得十分安静,在郭早风的耳朵里,仿佛只能听见自己的心跳声。他假装呕吐,旋即快步逃离。

郭早风坐在东珠的对面,他把相机放在了桌子上。郭早风跷着二郎腿,一副胸有成竹的样子:"东珠,你的母亲叫金玉妍,你的父亲就是顾无为。"

他想过了，进他房间的人，极有可能是顾无为派去的。在这船上，顾无为如果想要他的命，他无处可逃。既然如此，不如鱼死网破。

东珠的眉头轻轻皱了一下，说："请你出去。"

"你的事我也全部知道了。"郭早风把偷拍东珠的照片以及一些剪报放在了桌子上，说："为了调查顾无为私生子的事情，我可是费了很多精力，从接生医生那儿得知金玉妍当年诞下的是一个双面怪胎，而这个人就是你。"

东珠愣了一下，照片上南珠的脸清晰可见，她全明白了，郭早风早就知道顾无为的私生子是双面人，所以之前他来找自己才会想要从后面扯掉围巾，以证实自己是不是双面人的猜想。东珠不自觉地捏紧了拳头，她晓得，这是南珠在动气。

郭早风再次从口袋里掏出几张照片，照片里的人，是贵生。他阴阳怪气地对东珠说："我认得他，他的父亲可是一个不折不扣的混蛋。"

东珠一张一张翻看着照片，其中一张偷拍照里，赵唯仁和贵麻子两个人侧面对着镜头，好像在攀谈着什么。照片的右下角记录着一个时间，显示的是十二月二十九日。东珠的眉头锁得更紧了，那个夜晚她永远都无法忘记。她说："你似乎也是一个不折不扣的混蛋。"

"我混蛋和他父亲一样，都只是想要钱。"郭早风冷"哼"一声，接着说，"他叫贵生，贵麻子的儿子。"

东珠眉头轻锁，她在等郭早风说下去。

"贵麻子讲,他有一个好货色要卖给赵唯仁,赵唯仁十分兴奋,出了不少钱给贵麻子,让贵麻子第二天把货带去华懋饭店。"郭早风的眼神突然就变得森冷,他就这么注视着东珠,说,"贵麻子要带的货,是一个畸形人。"

东珠咽了口唾沫,如果郭早风把她和贵生之间的秘密说出去了,那也许就是万劫不复。

郭早风指着另一张老照片,照片上已经没有了赵唯仁,只有贵麻子数钱的样子。郭早风说:"第二天,贵麻子并没有带着货出现在华懋饭店,甚至他自己也突然就消失了,我后来去他家里看了,空荡荡的,什么人也没有,而他要和赵唯仁交易的畸形人,就是你。"

东珠把照片和剪报都收了起来,然后对郭早风说:"难道你不怕死吗?"

郭早风咧着嘴,笑着说:"那个姓华的侦探可不是一般的猎人,只要你是狐狸,就逃不掉。"

东珠没有说话,白炽灯的灯光把东珠整个人都裹住了,她的脸色显得十分苍白。

郭早风把顾无为和金玉妍的事情一一告诉了东珠,他还说金玉妍生下的那个孩子,也和金玉妍一道,消失在了上海滩闹猛的街头。一时之间,上海滩传出了不少风言风语,顾无为花了不少钱才压下去的。顾无为的太太夏瑛为了除掉金玉妍,可是下了不少功夫。

郭早风笑着说:"不如你跟我合作,我保你赚大钱,收益我们可以平分。"

"怎么合作？"东珠问。

"你出一本自传。"郭早风顿了顿，说："我可以再多告诉你一点，顾无为这些年压根就把金玉妍抛在了脑后，就像她从来没有出现过一样，就这样一个人，不搞他搞谁？"

东珠起身把门打开了，她说："郭先生，容我想一想。"

郭早风把该说的都已经说了，所以他走出了房门，他听见身后一声咚地很响的关门声，在无边的暗夜下显得异常刺耳。

郭早风离开后，东珠陷入了沉思，对于她来讲，今晚，又是一个难眠之夜。

东珠想起了那个寒冷入骨的雪夜，母亲蜷缩在树下，又饿又冷，直到活活被冻死。打东珠懂事起，她就没见过母亲的脸上有一天是挂着笑容的，她每天都疯疯癫癫的，不记得自己是谁。

东珠的名字，是东珠自己取的，她看着别人的孩子都是父母的掌上明珠，所以希望自己也能成为母亲的掌上明珠。东珠还记得，那个无比寒冷的雪夜，母亲哆哆嗦嗦的手中握有一块儿不知道从哪儿来的红薯，微笑着把它塞进了东珠的手中。那是东珠第一次看见母亲的笑容，她还听见母亲用虚弱的声音对自己说："吃吧，吃吧。"

东珠吃下了红薯，她看见母亲的眼睛闭上了，于是她决定去给母亲弄点吃的。没想到，从贵生家拿来吃的以后，母亲却再也没有醒过来。东珠回忆着，眼泪就又啪嗒啪嗒掉下来了。在她模糊的目光中，她仿佛看见母亲朝自己缓缓走过来,抱住了自己。

东珠笑了一下,她围好围巾,来到了甲板上,她听着海风呼啦啦吹着,像在倾听她纷至沓来的往事。

莫天和华良很久都没有见到高婕了,他担心再这么下去,顾雍迟早都会追回高婕,到那个时候,华良就只有干瞪眼的份儿了。他突然想起了上次破获的那起案件里,有一本叫《金粉世家》的小说,里面有个情节倒是浪漫得很,两条写有英文"I love you"的横幅,一群白鸽加一大捧玫瑰花。小蛇花花的事情既然已经解决了,那就帮衬一下华良吧。

莫天问威廉要来了两块红布,又去厨房买了几只白鸽,再问服务生要了一束装扮用的玫瑰花,打算在今晚慈善晚会上给高婕一个大大的惊喜。莫天越想这事儿越觉得浪漫,不禁在心里偷乐。

高婕这会儿可一点儿都不浪漫,她在顾雍的卧室里,看见了一大堆畸形动物的标本。这些畸形动物的标本,顾雍是放在衣橱里的,大大小小数十件。高婕回想起大学恋爱那会儿,自己欢喜研究尸体,顾雍欢喜研究畸形,每个人都觉得他们很般配。可接连发生了这么多的事情,让高婕突然对这些畸形动物标本产生了反感。

顾雍看出了高婕的小心思,说:"它们都是展品,专门为今晚的慈善晚会准备的。"

顾雍的想法非常简单,他收集的这些畸形动物标本就是要放在慈善晚会上拍卖的,筹集到的所有善款,将会全部用于帮助畸形人的项目。

高婕关上了衣橱的门,她越看这些畸形动物标本心里就越不是滋味。她索性去了甲板,看见顾雍紧跟了上来,说:"今晚的海风可真温顺。"

15

慈善晚会在晚上八点整准时开场,美云和赵唯仁的案子,完全没有阻挡住顾无为和其余客人对晚会的热情。

华良还没有解开赵唯仁密室杀人案之谜,并不想参加,是莫天硬拉着他来的,说是有神秘大礼要送给他。主持人仍旧是威廉,他首先介绍了顾无为,并请顾无为做了开场致辞。顾无为一下台,莫天就冲威廉点了点头,威廉会意,一拍手,舞台两边的横幅就放了下来。

一群白色的鸽子从舞台中央飞起,莫天赶快拿出了那束玫瑰花,塞进了华良的手里,说:"华生,快上去。"

华良明白了莫天说的神秘大礼就是要自己给高婕表白,可没想到的是,顾雍先他一步,拉着高婕的手站上了舞台。他握着话筒,对台下众人说:"各位来宾,我要向大家隆重介绍一下,这位是高婕小姐,一位杰出的医学研究者,她的到来,就是为了给我们的慈善晚会增光添彩的,让我们一起,为造福畸形人而努力,奉献出我们一点绵薄之力。"

高婕向大家打了招呼,说:"我愿意为畸形人士做一些微不足道的事情。"

顾无为聘请高婕为顾氏的特聘医学顾问,顾雍很开心,他也准备了一大束玫瑰花送给高婕。

台下响起了热烈的掌声,莫天和华良对视一眼,他精心准备的一切,现在看来,倒像是成了给顾雍和高婕两人的布景。华良把玫瑰花放在了一边,他朝台上望去,突然间觉得,眼前的顾雍和高婕,如同一对金童玉女。

东珠的双眼一直都盯着顾无为看,他的一举一动都逃不脱东珠的目光,东珠甚至希望晚会的气氛可以更欢腾一些。数分钟前,她曾想接近顾无为,不料几个黑衣大汉将她拦阻在外,根本靠近不了。东珠想,闹得欢,自己就能有机会。

慈善晚会很快就开始了,募捐是第一环节,募捐结束以后,就是拍卖,最后是新的"畸形秀"表演。顾无为是在拍卖开始的时候离开会场的,他一离开,东珠也跟着离开了。第一件拍品是一件豪华的手工婚纱,一针一线都非常讲究。顾雍出价最高,他以碾压众人的价格拍下了这件手工婚纱,他要送给高婕。

高婕没有接受,她把手工婚纱捐给了顾氏的慈善基金,希望顾氏可以真正为畸形人士做事。拍品一件接着一件,莫天粗略估算了一下,光今晚筹集到的资金,就抵得上莫氏银行半年挣的了。

莫天瞥了一眼顾雍，说："真会玩。"

现在四下无人，大家都被顾雍吸引住了，这给了东珠和顾无为单独相见的机会。东珠一个人来到了顾无为的房间，她的眼睛哭肿了，她觉得自己必须要和顾无为单独谈一谈。东珠见到顾无为的时候，顾无为刚点燃了一根雪茄。

顾无为坐在沙发上，满屋子的烟气，让他轻声咳嗽了几下。顾无为看了一眼东珠的脸，剪断了雪茄的烟头，说："你是东珠？"

"我想和你聊一聊金玉妍。"东珠注视着顾无为的脸说。

顾无为吃了一惊，不过，东珠眉目间的确和金玉妍有几分相像。

"来人，送客。"

顾无为话音刚落，东珠就把头发撩起来了，她看见顾无为的眼睛瞪得很大，然后她听见顾无为说："你母亲……还好吗？"

"她过世了，这个答案你肯定很满意。"东珠整个人都是颤抖的，她恨不得给顾无为一记重拳。

顾无为缓缓朝东珠走过去："这么多年，你们吃苦了。"

东珠没有说话，她的心里很矛盾，说实话，自己并不想原谅顾无为，如果不是他，兴许母亲现在仍快乐地生活着。可是，见到他本人，自己又有一些于心不忍。毕竟从小她就想拥有一个父亲，在这个世界上，自己已经没有什么亲人了。

这个时候,夏瑛从门外进来了,她听到了一切,这么多年来,自己一直都忍着不提私生子的事情。现在,有人把自己的心病翻出来,暴露在太阳底下,她的内心像针扎一样疼痛。

"这孽种竟然还活着,难怪这么多年来你一直都跟我分房睡,原来心里还惦记着那个妖精。"夏瑛的眼眶霎时就红了,她本想耶稣基督可以让自己的内心得到平静,这一下倒好,非但没有平静,反倒如浪翻涌。

顾无为深深吐出一口烟气,朝夏瑛使着眼色,但夏瑛毫无察觉。

夏瑛把东珠赶出了门,她的哭声和骂声从门缝里漏出来,像狂风一样灌进了东珠的耳朵。

16

顾雍收集的畸形动物标本拍卖完以后,整场拍卖会也就接近了尾声。威廉再次站上舞台中央,他宣布,最后一件压轴的拍品,是顾无为的私藏,一件宋代的古缸。威廉话音刚落,古缸就被几个服务生推了上来,它装在一辆小车上,用一块鲜红色的绸布盖着。威廉一挥手,舞台的聚光灯就全都打在了小车上,台下每个人都聚精会神地盯着小车看,想要一睹古缸的风采。

众所周知,顾无为的私藏件件都价值连城,他也从来没有在哪个活动上拿出来拍卖或者展出过,既然是压轴的宝贝,那一定是十分珍贵的。每个人的目光都集中在了小车上,他们满脸期待着。威廉数到"三",用力扯掉了红绸布。

"哗——"

现场一片哗然,人群开始骚动,华良和莫天看见,古缸中赫然是双手被捆绑住的郭早风!郭早风昏死过去了,他就静静蹲坐在古缸里一动不动。

"快!救人!"

顾雍大喊一声。

离郭早风最近的威廉刚想冲过去,只听见"吱吱"几声,郭早风的身上就冒出了火光,很快,他整个人就被大火淹没了。郭早风这时候清醒了,他在火光里乱窜,整个古缸翻倒在舞台上,在郭早风凄惨的喊叫声中滚动着。

熊熊烈火焚烧着郭早风的皮肉,他的头发烧没了,衣服也烧没了,在所有人的注视下,大火越烧越猛烈,阵阵难闻的烟气铺满了会场。郭早风的眼睛里都是青黄的火光,它们奔进了郭早风的骨肉里,一遍又一遍。郭早风的喊叫声变得微弱下去了,没多久,就听不见了。大火烧断了捆绑在郭早风身上的绳子,郭早风倒在舞台上,成了一具烧焦了的尸体。

华良和莫天取来海水,好不容易才把大火浇灭。所有的宾客眼睁睁看着郭早风被活活烧死,他们全都慌神了,一个个四散逃窜，桌子椅子和那些拍卖品都翻倒在地，整个会场一片狼藉。顾雍降下了舞台的帷幕，高婕把口罩分发给华良和莫天，焦尸的气味实在是太难闻了。

宾客们逃出拍卖会场后，径直来到了顾无为的房间外头，他们吵嚷着要下船。几个黑衣大汉吃力地阻拦着，但吵嚷声越来越激烈，都有人动手了。一些女宾客抑制不住内心的恐惧，开始哭号，吵嚷声和哭号声像海浪一样，一阵又一阵传入了顾无为的房间。

房间门很快就打开了，顾无为已经听说了郭早风的事情，他面无表情，吐出一口浓重的烟气，说："我顾某人会保证大家的安全。"

没有人相信顾无为的这句话，人一个接一个地被杀掉，凶手仍在逍遥法外，甚至凶手是谁都不知道，根本就没有安全可言。一些激进的客人，直接冲开了黑衣大汉的阻拦，他们冲到顾无为的面前，大声质问："赵唯仁被杀，我们就说要返航，你非说天气原因不允许。现在好了，又死人了，再不返航，我们都会被杀死，你顾无为也会死，拿什么保证我们的安全？"

"返航。"

顾无为命令黑衣大汉去告诉船长，让他即刻返航，并提前结束嘉年华。

顾无为的决定，让所有人松了一口气，只要见到陆地，大家就都安全了。顾无为返身回房间的时候，对冲到他面前的几个宾客说："要死，我顾无为一定比你们先死。"

返回房间的顾无为跟巡捕房通了电话。巡捕房总探长安德森表示，他将会尽快组织船只前来支援，在此之前，任何人不得以任何方式离开"圣慈号"，否则以畏罪潜逃论处。安德森听顾无为讲了华良也在"圣慈号"上，虽说出了这么大的事情，不过听到华良也在，他多少还是吃了一颗定心丸的。

顾无为安排人员进行逐一巡逻和看守，以确保船上现有人员不再出现伤亡。他本想去见见烧焦了的郭早风的尸体，转念一想，死都死了还有什么好看的，这下他所知道的秘密就都随着海风吹散了。

顾雍招呼服务生们收拾会场，高婕在对郭早风的尸体进行尸检，华良和莫天则对整个舞台和古缸进行检查。

郭早风的尸体呈现出"拳斗姿势"，由于长时间高温作用，血液、体液渗出，组织坏死、炭化，使得他的尸体重量减轻，身长也有所缩短。高婕发现，郭早风的毛发皱缩、卷曲，尖端呈黑褐色，脆性增加，各处皮肤的烧伤程度也不一样。她还发现郭早风的衣服并没有完全烧光，还留有一些残片，这些残片覆盖部位的皮肤热损伤较轻。

"华良。"高婕叫华良名字的时候，用镊子小心翼翼地从一块衣服残片的里角夹出一点儿粉末状物。

华良嗅了嗅，是磷。磷的燃点极低，聚光灯的灯光足以令其燃烧。华良把磷放进了一个证物袋里，对高婕说："能把尸体烧成这个样子，凶手绝对是在郭早风的身上涂满了磷。"

"这么大用量的磷,绝对不是后来带上船的,肯定是船上本来就有,查一查就能知道。"莫天说完,立马就跑出去了。

华良一把拉住了莫天,说:"我看过畸形表演秀的节目单,明晚的压轴是大型魔术表演,会用到火,你不用去别的地方调查,后台肯定能找着。"

莫天果然就在后台发现了磷,磷是装在一个有水的罐子里的,由道具师保管着。在莫天的要求下,威廉找来了道具师,把装磷的罐子打开,道具师发现,罐子的确被人动过手脚了。莫天蹲下身子检查磷罐的时候,突然看见在磷罐边上有一滴呈梅花状的血迹,这很明显是高处滴落的。莫天仰头去看,除了墙上有一个小孔外,什么也没有。

墙上的小孔处,原本是一颗钉子,道具师为了挂东西用的。莫天顺着墙壁上下一看,发现正对着小孔的下边,有一些木屑,他明白了,钉子是刚刚被人拔走的,痕迹很新。偷磷就偷磷,拔钉子是干什么呢?莫天的眉毛并拢在一起,难不成凶手是用钉子把郭早风扎晕的?他赶紧跑回舞台,问高婕:"高婕,郭早风身上有没有钉子?"

"没有。"高婕被问得莫名其妙,除了磷这一发现以外,目前为止,郭早风就只是被烧死这么简单。他的后脑勺有被用钝器敲打的痕迹,高婕认为,凶手是先击晕郭早风,再在他身上涂满了磷,捆绑好了以后才放进古缸的。

"凶手对于畸形表演秀的流程可真熟悉。"莫天摸了摸下巴,接着说,"钉子到底是干什么用的呢?"

高婕看看莫天,再看看郭早风,畸形表演秀的流程,整艘船的人都是知道的,因为早就张贴了节目单。凶手之所以选择古缸,是因为古缸是压轴拍品,最后一个上场,他有充分的时间进行准备。

郭早风的房间已经有黑衣大汉把守了,除了华良和莫天这些来调查案件的人,其他一律不准进入,这是顾无为下的死命令。郭早风的房间很简陋,甚至连东珠的房间都比不了,就是一张床、一张桌子、两张椅子。房间里的东西很凌乱,包括郭早风行李箱里的衣服都被翻乱了,很显然是被人动过了。莫天到的时候,华良正在墙壁上摸索着什么。

莫天看着乱糟糟的房间,说:"凶手在找东西,这个东西绝对就是导致郭早风死亡的主因。"

莫天说完,也在墙上摸索了起来,他不知道华良在摸什么,不过也许郭早风的东西还在房间也不一定。华良回头看了一眼莫天,晃了晃脑袋,说:"凶手有非要杀死郭早风不可的理由,也就是说,郭早风的死比找到那个东西更要紧。"

莫天瞬间就明白华良的意思了,郭早风是被人灭了口了,死人是什么秘密都说不出去的。

"找到了。"

华良敲了敲墙壁,很明显是空心的声音。游轮房间的隔层是用木板做的，对于郭早风这样的人来说，撬开一块木板并不费劲。华良取下木板，从里面的暗格摸出了一个黑色的布包，布包里装的都是照片和剪报。华良把所有的照片和剪报都摊开放在地板上，果不其然，上面全是顾无为和金玉妍的报道，以及偷拍顾无为、顾雍和东珠的照片。

华良拿起一张东珠的照片，说："看来东珠的秘密郭早风全都知道了。"

莫天突然想到，杀死郭早风的人，无疑是顾无为。毕竟私生子这种见不得光的事情，对于顾无为来讲，不是好事。莫天说："我们现在就去抓顾无为吧。"

"顾无为把利益看得比什么都重要，就算他要杀郭早风，也不会选择在这么多人面前杀的。"华良说。

"万一他就是反其道而行之呢？为了给自己脱罪。"莫天可不愿放过这条线索，毕竟和郭早风产生直接联系的，就是顾无为和东珠了。

华良没有接话，他从口袋里取出一个信封，里面装着的是一张洗衣店的标签，是在郭早风的房间发现的。

"还记得它么？"华良说："神探，该我们表演了。"

华良说完，就朝一地的剪报和照片看去，他的目光炯炯有神。

17

贵生和东珠是一同进门的,他们刚推开房间门,房间里的灯就全打开了。明晃晃的灯光照在了贵生和东珠诧异的脸庞上,他们看见,莫天就坐在房间中间,正乐呵呵看着他们。

"欢迎二位。"

华良的声音从东珠和贵生的背后响起,浑厚而有力。

东珠和贵生面面相觑,他们看见华良把手上的钥匙晃了一晃,那是一把备用钥匙。

"我们开门见山吧。"华良关上了门,问东珠,"你去了郭早风的房间。"

"没有。"东珠的声音有些慌张。

华良旋即拿出了那张洗衣店的标签,说:"你在找东西的时候,不小心勾掉了它。"

"华探长,郭早风不是我杀的,我只是想拿回全部照片。"东珠不隐瞒了,她清楚在华良面前,隐瞒也没用。

"我并没有说是你杀了郭早风。"华良对东珠说,"照片先放在我那儿,你放心,我会替你保守秘密的。"

东珠和贵生离开前,华良叮嘱他们要好好待在房间里,不要乱走动。短短几天时间,船上已经死了三个人了,不能再让凶手肆无忌惮下去了,必须要尽快破案。在此之前,自己必须要保证所有人的安全,华良想。

贵生和东珠从华良处离开时,看见顾无为从夏瑛的房间里走了出来,他用力甩门,留下了两个字,"疯子"。贵生和东珠看四下无人,就隔着门听里面的动静,他们清楚地听见夏瑛在房间里骂骂咧咧,说:"金玉妍死有余辜,像她那种人,死一万次都不多。"

东珠的脸色霎时变得铁青,夏瑛仍在咒骂不止。从夏瑛的咒骂声里,东珠听出来了,母亲进入顾家以后并不快乐,夏瑛不仅对其百般刁难,还用尽了各种方式诋毁她的名声。东珠越听越气,额角的青筋伴随着粗气一鼓一胀,她浑身都在颤抖,是夏瑛把自己母亲逼死的!如果不是她,也许现在自己还和母亲在一起生活。

东珠的心口如同决了堤的洪水,汹涌无比。

18

华良重新回到舞台后台的时候,郭早风的尸体已经被人抬走了。威廉正坐在化妆台上喝闷酒,一见到华良,他就拉住华良的手,用蹩脚的汉语说:"华探长,你可要赶紧找出凶手,我这节目表演不下去,难以生存呀。"

华良微微一点头，他朝莫天使个眼色，莫天就把威廉拉开了。威廉喝得醉醺醺的，还从怀里掏出了蛇笛，说："华探长，我给你吹一段，你是不知道，我指着小蛇花花赚大钱呢，可惜了，死了人，节目也黄了。"

没等华良回应，威廉就自顾自地吹了起来。小蛇花花闻声起舞，也顺声爬动，十分灵巧。华良注意到小蛇花花的背脊上粘着一些木屑，于是他在小蛇花花的背脊摸了一把，发现上面有一些黏黏的感觉。蛇是爬行动物，虽然因为光学效应看起来仿佛有一层黏液的样子，但它的表皮却是干燥的。那么这层黏黏的东西又是什么呢？华良突然想起来，同样的感觉，在赵唯仁命案现场的那把钥匙身上也有。

"赵唯仁的密室杀人手法，解开了。"华良的眼神变得十分犀利。一旦知道了作案手法，也就知道了凶手是谁。

莫天看看小蛇花花，又看看华良，问："究竟是怎么一回事？"

说起来，贵生倒也是个相当聪明的人了。他利用小蛇花花，硬是制造了一起密室杀人事件。贵生在钥匙和小蛇花花身上分别涂上有黏性的东西，杀死赵唯仁以后，在门外把房间反锁。接着，他再利用笛声让小蛇花花钻进赵唯仁的房间，把钥匙留在里面。为了钥匙能够顺利留在房间里，贵生还往房间里倒了海水，以便黏性的东西遇水黏性减弱，致使钥匙能够顺利脱落。最后，贵生再用笛声将小蛇花花引出来带走，做到神不知鬼不觉。

"他把小蛇花花再放进笼子不就好了，或者直接扔进海里，谁也发现不了。"莫天想不明白，小蛇花花是在贵生的房间发现的，这样一来，一旦密室诡计解开，贵生不就直接暴露了么。

"贵生当然是想到这点的，只不过笼子破了，别人看了也能发现，倒不如说成是偷蛇蒙混过关了。"华良其实还分析出了一点，蛇身上的钥匙，并不是因为遇水脱落的，如果是这样的话，那当时发现钥匙的地方就该是那条水渍处，而不是在赵唯仁的身上。蛇对于血腥味是很敏感的，它一定是顺着血腥味爬上了尸体，导致钥匙被碰掉了，蛇只是在爬出来的时候沾了水，所以背脊上的黏性仍旧残留着。贵生误以为是水冲掉的，所以才没有好好检查小蛇花花的背脊，这是他最大的疏忽。

"我们走。"华良朝小蛇花花望了一眼后，便冲出了后台。

"去哪儿？"莫天紧紧跟在后面。

华良的脚步越跑越快，完全没有要停下来的意思，"贵生！"

华良和莫天折返回贵生的房间，可房间里哪儿还有贵生的影子。他们几乎找遍了游轮所有的地方，也都没见到贵生。已近凌晨时分，天色欲晓，那些被黑衣大汉们守护着的宾客们终于平复了心绪。有些仍在议论着，有些则睡着了，还有一些木讷地望着黑漆漆的大海。东珠是坐在最外边的，她围着一块儿浅色的围巾，华良看着她略带憔悴的面庞，压低嗓音问："看见贵生了吗？"

东珠晃晃脑袋，她唉声叹气着，说："天快亮了。"

莫天又向人群扫了几眼，然后朝华良摊摊手。不过他倒是觉得东珠一定晓得贵生在什么地方的，找不见贵生她不可能不着急。看她现在这副样子，显然不是应有的反应。

华良和莫天穿过宾客们所在的船舱，放眼望去，依然没有贵生的踪影。

眼下，只剩一个地方没有找了，那就是小教堂。华良走在莫天前面，很快，他们就在小教堂门口站定。华良知道，这儿是顾无为太太夏瑛的住处，夏瑛一直以来都没有现身，就待在自己的房间里，华良倒是想见见她。

莫天叩响了房门，但里面什么动静也没有。

华良也去叩了房门，这时候，他听见滚滚的海浪翻涌着，它们肆无忌惮地在游轮四周喧嚣着。可是夏瑛的房间里，仍旧没有一点声响。

"睡着了？"莫天再次叩响房门，这回他加大了力道。

"不对！"

华良嗅到了一股淡淡的血腥味儿，他开始撞门，血腥味儿正和灯光一起从门缝里漏出来。

19

夏瑛的房门被撞开,血腥味儿就一下子浓烈了起来,华良和莫天跨进门槛,只见一个女人跪在十字架面前,摇晃着的灯光将她整个人都包裹住了。女人一动也不动,她的对面是一个半米左右的十字架,十字架上的耶稣正注视着她。

"人已经死了。"

华良探了一下女人的鼻息和脉搏,她的身上已经没有温度了,不过身体还没有开始僵硬,可见刚死不久。华良看见女人的左胸口有一处贯穿伤,目测是被水果刀直接插入造成的,这是致死原因。华良回头对莫天说:"年纪四十来岁,穿着得体,这个女人肯定就是夏瑛,快去通知顾无为。"

莫天是跑着出去通知的,他只通知了顾无为,他晓得华良的意思,不要惊动其他人,以免造成更大的恐慌。顾无为的眼圈是红的,沉默许久后,他才问华良:"有线索了吗?"

华良摇摇头,他朝莫天使了个眼色,示意他去找高婕和顾雍,然后问顾无为:"你最后一次见到你太太是什么时候?"

"慈善晚会开始后没多久。"顾无为记得,数小时前自己和夏瑛大吵过一架,"待了大概半小时吧。"

慈善晚会是八点整开始的,顾无为致辞下台差不多八点一刻,也就是说,他是八点半见的夏瑛,那么,九点之前,夏瑛是活着的。华良看了一眼手表,现在时间是凌晨五点一刻,夏瑛一直都是独居,也极少见人,倘若她最后见的人是顾无为的话,凶手就是在九点之后进入房间将其杀害的。

"你们谈了些什么?"华良看得出来,顾无为和夏瑛的感情并不和睦。

顾无为冷笑了一下,说:"顾家的私事,不足和外人说起。"

就在两人一问一答的时候,高婕和顾雍就到了。顾雍看见母亲的遗体,泪水瞬间就溢出了眼眶。他一直都忙于研究,很少来见母亲,不承想,上次见过一面之后,两人竟然成了永诀。莫天拉开了顾雍,好让高婕对夏瑛的尸体进行必要的检查,顾无为坐在沙发上,他看着儿子悲痛欲绝的样子,眼眶突然就有些湿润了。

数名宾客驻足在夏瑛的房门外,他们不时朝房间内探看,黑衣大汉们阻拦着,可还是有人发现了夏瑛的死。宾客们越聚越多,他们又开始吵嚷起来,搅得顾无为心烦意乱。他连连叹气,后悔自己不该让太太一个人待在房间里。

高婕对夏瑛尸体的检查结果,和华良的大致相同。夏瑛的死亡时间只有五到八个小时,尸僵还没有开始形成,胸口的伤口是致命伤,从伤口的形状来看,凶手是贴着死者的身体刺进去的。死者死前有过一段时间的痉挛,跪地的姿态是死后才被摆放的。除此之外,高婕还发现夏瑛在死前是有反抗的,她的指甲缝里留有血液,但这个血液一定不是她自己的,是抓伤所形成的,也就是说,夏瑛曾抓伤过凶手。

高婕摘掉了白丝手套,对华良说:"夏瑛的致命伤口,是笔直刺进去的,值得注意的是,从伤口深度和形状来看,凶手是贴身刺入的,力气非常大,伤口很深。"

华良点点头,夏瑛的目测身高在一米六左右,体型偏瘦,不要说一个有力气的男人,就算一个女人要杀掉她也是容易的。

"凶手有两人。"高婕抬起了夏瑛的手臂,说:"两道压痕,很深,但一宽一窄,显然是两个不同的手镯,由此可见,当时有人曾按住夏瑛的双手,而且是个女人。"

华良听完略有所思,突然,他看见人群中竟出现了贵生的影子。

"贵生!"

莫天也看到了,他第一时间冲了过去。贵生吓了一跳,连忙拨开人群,朝甲板逃去。东珠裹紧了围巾,她的脸上写满了担忧,贵生对她来讲,是顶要紧的人。

顾无为一摆手,几个黑衣大汉也跟着去追人了。这时候,大家听到咚的一声巨响,有人跳下海了。莫天手扶着围栏,冲海面望去:"华生,贵生跳下去了。"

华良也朝海面看去，此时天色已经发亮，海水翻涌，华良朝周围看去，发现堆在甲板边上的几个箱子，少了一个。这些箱子在这儿堆放很久了，所有的箱子上都有灰尘和蛛丝，唯独顶上的那只箱子向上的一面没有，说明原本上头还压着一个箱子的。看来贵生是把箱子扔进了海里，他知道华良肯定是会发现的，这么做就是为了争取一丁点儿时间，好让自己能够躲藏起来。

华良吩咐几个黑衣大汉挨个搜查房间，自己和莫天则仍然站在甲板上。华良刚才扶着围栏向下望的时候，突然想到了最好的躲藏地方，就是船体边缘。"圣慈号"游轮为了防止有游客不慎坠海，不仅架起了围栏，还在船体周边围了一圈护板，只要有人站在护板上，谁也发现不了。华良不动声色，立刻朝莫天努努嘴，两人一边一个搜看，果然发现了躲在护板上紧贴着船体的贵生。

贵生再也无处藏身，他看见华良也跳到了护板上，并且迅速抓住了自己的胳膊，把自己拽回了甲板。华良和贵生是同时倒在甲板上的，在莫天把贵生死死压在身下的时候，华良看见，贵生的手臂上有一道长长的伤口。贵生的伤口属于划伤，伤口已经流脓了，但他并没有对伤口进行包扎或者简单的处理。

黑衣大汉们闻声赶到，他们帮助莫天控制住了贵生。高婕是后来来的，她帮贵生简单处理了下伤口："如果再不及时处理伤口的话，你这手臂就有苦头吃了。"

高婕的话没有说错，贵生手臂上的伤口要是再晚一些处理就会加重感染。高婕在给贵生包扎伤口的时候,华良深感奇怪,这样深的伤口,处理起来是很痛的,船上没有麻醉剂,而贵生的表情竟然泰然自若,一点都看不出疼痛的样子,就好像这条胳膊是别人的,不是他的。

"这个伤口是你在取白磷的时候划伤的吧?"华良的目光紧紧盯着贵生的脸,说:"被一颗长钉子。"

"的确是钉子状物体划伤的。"还没等贵生回答,高婕便告知了华良。

贵生不置可否,始终保持着沉默。不过贵生这样的沉默并没有维持多久,因为华良已然掌握了他的犯罪证据。黑衣大汉们押着贵生来到了舞台的后台,在贵生的面前,是正在蠕动的小蛇花花和磷盒边的那一滴干涸的血液。

华良开始在后台踱起步来,他说:"贵生,你偷取小蛇花花的目的,就是制造赵唯仁案的密室,小蛇花花并不是成年蛇,体型较小,从赵唯仁房间的门缝进出是可行的,关于这点,此前我已经叫威廉做了实验。"

贵生抬头看了华良一眼,说:"那又如何呢,华探长?威廉也能驱动小蛇花花,为什么不是他杀了赵唯仁呢?赵唯仁杀了美云,这可是涉及威廉利益的,他杀了赵唯仁也不是没有可能。"

"他的确有杀害赵唯仁的动机,不过……"华良顿了顿,说,"从小蛇花花身上发现的黏液,其实是糖液,由于有甜度,所以在赵唯仁尸体边才会有不少蚂蚁,这些糖液的原材料并不是白糖,而是奶油,就是你做蛋糕用的奶油。"

莫天拿来了贵生房间的蛋糕,他缓缓打开蛋糕盒子,众人看到,蛋糕上的奶油已经被刮掉了,只留下光秃秃的糕体。华良指着蛋糕说:"这是你说要给美云吃的那份蛋糕,我问过厨房的人,游轮上的奶油已经用完,你蛋糕上的是最后的奶油,而因自己要做蛋糕取奶油,也能减少大家对你的怀疑,毕竟从厨房拿奶油是需要记录的。"

见贵生没有说话,华良继续说道:"郭早风同样是你杀的,从你的伤口就能知道,磷是你取的。"

高婕接着华良的话说道:"莫天在调查磷的时候,发现磷盒上面原来是有钉子的,而你的伤口,的确是由于钉子造成的,顾雍那儿就有检测血液的仪器,一化验就知道。"

贵生不再狡辩,再次选择了沉默,仿佛沉默已然是千言万语。

在把贵生带到舞台后台前,其实华良是有和巡捕房通过一次电话的。在中央巡捕房的档案里,查到曾有一起悬案未破,男的是贵麻子,女的则是贵麻子的老婆,而根据邻居们的口供,贵麻子有一个儿子,就叫贵生,后来他家又平白无故多了一个女孩儿。贵麻子夫妇死后,两个小孩子就不知所终了。

"贵麻子是个赌徒,债台高筑,而畸形人于赵唯仁有着十分强烈的吸引力,恐怕贵麻子要和赵唯仁交易的不是东西,而是畸形人,只有这个赵唯仁才会感兴趣,美云案就是导火索,勾起了你内心里的什么记忆,所以你杀了他。"华良把两张老照片拿给贵生看。

莫天这下全都明白了,贵生有过这样一段惨不忍睹的童年,所以才会对畸形人美云如此上心。

贵生深深叹了一口气,他仰面去看华良,说:"我想抽烟。"

华良把烟给贵生点上。贵生抽了几口香烟后,缓缓说道:"华探长,你说的都对,赵唯仁和郭早风的确是我杀的。"

贵生这么爽快就揽下了所有案件,在华良看来,有一些不寻常的,毕竟贵生的作案动机并不十分站得住脚,除非他有想要保护的人。

"贵生,我不妨多告诉你一件事情,巡捕们从赵唯仁的家里找到了一本日记,里面详细写下了当初和贵麻子交易的经过,其中也提到了,那个女孩儿就是东珠。"华良说这番话的时候,朝周围扫视了一遍,发现东珠并不在场。

贵生忽然想起了那个冬天,自己把一个小女孩儿从雪堆里带回了家,他们一同生活,一同在漫天的飞雪下打雪仗,堆雪人。贵生还记得十二月三十日那天晚上,父亲要对小女孩儿图谋不轨,母亲因此而被父亲失手杀害。不过,现在贵生明白了,父亲原来还和赵唯仁有着这样不齿的勾当。父母死后,贵生带着东珠流浪在上海滩的街头,他们偷过东西,也睡过大街,住过贫民窟,也吃过狗食。他们过得清苦,但也十分开心,如果能重来,他仍然会选择这样过,最好一直这样过下去,什么都没有发生。

"圣慈号"嘉年华招工的时候,贵生像是捡了巨款一样开心,因为在"圣慈号"上打工,可以获得丰厚的报酬,这样就能带东珠去吃很多好吃的了。贵生慢慢解开衣服,他是里外两件一起脱掉的。众人惊讶地发现,贵生的身上有着各种伤口,这些伤口像蛛网一样,铺满了他精瘦的身体。为了维持自己和东珠的生计,他曾经用身体去满足那些有着怪癖的富商们,任由他们把自己当作活靶子,看着他们一边嬉笑着一边朝自己身上掷飞镖、甩鞭子。为了东珠,自己什么都愿意干。

贵生长长舒了一口气,然后对华良说:"东珠只是寄养在我家而已。"

华良扬了一下嘴角,贵生很明显是不想扯上东珠。其实压根就没有所谓的赵唯仁日记,是华良故意说出来诈贵生的。

这个时候的贵生很想张开手臂去拥搂东珠,然而东珠并不在这里,所以他只是浅淡地笑了一下。

但很快,莫天就把东珠带来了。

华良见到东珠的第一句话是:"你们还杀掉了夏瑛。"

贵生知道华良这样说,肯定是掌握了十足的证据,要不然这句话就会是一个问句。不过贵生并没有正面回答,他只是说:"我贵生这一辈子,也算留名了。"

趁贵生不注意,华良突然脱掉了贵生的外衣,贵生的后脖子下面有一道新鲜的抓痕。华良说:"这就是铁证,我们在夏瑛的指甲里发现了血液,但血液并不是她的,可以得出结论是夏瑛在和凶手纠缠时抓伤了对方。而你的这道伤口很明显就是抓伤。"

华良的话，贵生没有去反驳，在铁证面前，自己所有的辩解都显得苍白无力。

夏瑛的遗体已经搬走了，在她呈尸的地方高婕用白色带子圈了起来。

"贵生，只要高婕拿你的血液样本和夏瑛指甲里提取的血液样本进行比对，一切就都清楚了。"华良说完，把头偏向了东珠，"东珠，你也有份。"

"和东珠无关。"贵生很快就打断了华良的话，他不想东珠牵扯进来，"没了服务生这份工作，我需要搞点钱生活，夏瑛是一个人住的，又是顾无为的太太，肯定有钱，所以我才溜进去的，没想到被她发现了，在逃跑的过程中，失手杀了她。"

"夏瑛是一刀毙命，凶手下手十分冷静，根本不可能是失手杀人。"华良叹了一口气说。

东珠的眼眶有些湿润，她听见华良后面还说了一段话："在夏瑛的手腕上，我们发现有宽窄不同的两个手镯印痕，说明在贵生杀她的时候，有人帮忙按住了夏瑛的尸体，这个人十分用力，以至于印痕很深，甚至有了血丝，东珠，你的手镯大小和印痕的大小一样。"

"我承认，是我们一起杀了夏瑛。"东珠抱住了贵生，她觉得，只有贵生身上才是温暖的。这个时候，南珠开口了，她说："华探长，他们都是死有余辜，我们活在这个世界上本来就很痛苦了，他们还要把我们往死路上逼，我们不想杀人，可他们想杀我们！"

东珠接着南珠的话说："我们杀人的凶器只有一把刀，可他们杀人的凶器却有很多，哪怕是一句话，都能杀死我们的心。"

贵生坐在地上，他瞧见窗外的天色越来越明亮了，在他的记忆中，这样明亮的天空下，自己曾经和东珠奔跑在街道上，每个人的脸上都洋溢着笑容。只是现在，那些如烟的岁月远去了，如同一个海浪，拍碎后就消失不见了。

贵生说："华探长，天亮了。"

于法，华良不会放过任何一个凶手；于情，他又不想逮捕东珠。但他们犯下的罪孽实在太重，华良只能依法办事，所以他把贵生和东珠都关了起来。

贵生和东珠倚靠在一起，他们谁也没有说话，只是，两个人的脸上各自挂有一个无比柔和的笑容。

20

安德森还需要半天时间才能登上"圣慈号"游轮，华良叼着烟坐在房间里，十分钟前，他发现贵生和东珠都不见了。

莫天见华良一直没有点烟，就掏出了火柴盒，准备帮华良把烟给点上，不料华良瞅了火柴盒一眼就拿了过去，问莫天:"哪里来的?"

莫天不明白一个火柴盒华良干吗大惊小怪的:"上次顾雍那儿拿的。"

华良打量着火柴盒,上面印有一所国外大学的标志,印有英文 College。华良想起来了,顾雍的胸前口袋里一直都掖着一块手帕,上面同样有这样一个标志,不过两处地方略有不同。华良坐直了身体,他取过放大镜,仔仔细细观察着火柴盒,猛然间,他站起来,冲莫天说:"走,去见顾雍。"

莫天丈二和尚摸不着头脑,但还是跟着华良离开了。顾雍就在房间里,华良见到他的时候,就把火柴盒放在了他的面前,说:"顾雍先生,这出戏可以闭幕了。"

莫天跟着进了屋,他站在华良的身后,房间里只有顾雍一个人。莫天看到华良把顾雍胸前口袋里的手帕取了出来,和火柴盒并排放在了一起。他还听见华良说了很长的一段话,他说火柴盒上的英文 College 是经过设计的,实心字母上有气泡似的白色小点,看上去颇为灵动。但是,手帕上的 College 的白色小点却完全不见了,这是两者之间的不同。但其实,手帕上原本是有白色小点的,之所以会不见,是因为被血溅到了。这块手帕的不同之处,是黑底白字,即便沾了血也看不出来,可唯一的白色字体 College 却无法遮掩。只不过,华良并不明白,为什么顾雍仍留着这块手帕。末了,华良说:"美云尸体的伤口血液是呈喷射状的小圆点,圆点外是不规则的形状,这和手帕上的血液形状一样,现在,只要让高婕查验一下手帕上的血液和美云的血液是否一致,就可以证明你是不是杀害美云的凶手了。"

顾雍没有说话,他缓缓坐了下来,为华良和莫天各倒了一杯茶。

华良接着说:"美云身上的伤口看上去不规则,像是外行人干的,但是高婕做过检查,发现是内行人伪装的,也就是说,这个人不仅懂医,甚至精通,他的每一刀都恰到好处,作为内科医生的你,作为研究如何治愈畸形人的你,是完全可以做到的。"

顾雍笑了一下,说:"华探长,如果没有其他证据,恕我不奉陪了。"

"在来之前,我重新去了美云的被杀现场,发现门上的气窗有非常浅淡的痕迹,是镜框痕迹,如果不仔细看是完全看不出来的,镜框的形状是棱形,和您的眼镜一模一样,这说明凶手曾搬了椅子透过气窗查看门外的状况,贵生在美云被杀的时候来过,凶手肯定是那个时候查看情况的。"

顾雍哑然失语,他再次陷入了沉默。

顾雍为自己倒上了一杯茶,他喝了一口,茶香在他的口腔里漾开来:"华探长,为了所有畸形人的未来,个别的牺牲是有必要的。"

"你这不是在救人,是在杀人,你这个混蛋!"莫天义愤填膺,他恨不得上去扇顾雍几巴掌。

华良摇摇头,说:"顾雍,每个人有每个人的活法,如果你硬要去改变，一定会适得其反的，那些被你杀害的人，他们的生死不该由你来决定。"

"他们全都应该感谢我。"顾雍的脸变得有些扭曲了，他显得很激动，"华良，你是一个健全的人，你不理解畸形人的痛苦，他们没有尊严地活着，受尽了所有人的嘲笑，你觉得这样活着他们开心吗？死对于他们来讲就是一种解脱，而我可以改变他们，用少数人的死来成就多数人的重生，这是非常划算的生意。"

"一个人的生与死，你把它说成是一桩生意，果然和你的父亲顾无为一样，都不是什么好东西。"莫天握紧了拳头，随时就要挥出去。

"你们知道些什么！"顾雍放下茶杯，在房间里走动着，"将来，所有的畸形人都会来感激我的，我会让他们每一个人都获得重生！"

顾雍说完，从桌上取过酒杯，往嘴里送了满满一大口，旋即又给华良和莫天各倒了一杯。他把酒杯递到莫天手上的时候，突然扼住了莫天的脖子，并掏出一把匕首威胁华良让开。顾雍挟持着莫天，一步步退出房门，他还往莫天的手臂上扎了一刀，殷红色的血液一下子就涌了出来。与此同时，顾雍往船尾冲去。

顾雍知道，自己杀人的行径已经暴露，只要"圣慈号"游轮一靠岸，自己就会被巡捕房的人带走，那么他之前所有的努力都将白费。现在，顾雍要去做一件非常重要的大事，一旦成功了，他相信不仅巡捕房不会追究自己的责任，自己还会成为公董局的座上宾。

华良简单给莫天包扎了一下,便也往船尾冲了过去。夜,十分安静,海水也温柔无比。游轮的发动机声在漫长的黑夜里轰鸣着,一声又是一声。

21

东珠睁开眼睛的时候,眼前是一间堆满了各种东西的房间。她记得有人往自己和贵生的身上扎了针,然后他们就都失去意识了。东珠发现自己被捆绑着,旁边还有同样被捆绑着的贵生和高婕。在她的周围全都是畸形人的尸体,这些尸体残缺的部位全部都被拼凑过,东珠吓了一大跳。

"你醒了,我的好妹妹。"

说话的是顾雍,他穿着一身白大褂,手里正握着一把手术刀。

东珠没有开口,脑后的南珠倒是先说话了:"顾雍阿哥,你们顾家的人果然都很特别。"

"南珠是吧。"见东珠没张嘴,顾雍就明白是南珠在讲话,"你也很特别,不过一会儿,你就会感谢我这个做哥哥的了。"

高婕是在他们说话的时候清醒的,她的手脚并没有被绑牢。高婕还是第一次进入这个房间,从墙体来看,她推断是在游轮的舱底部位。房间里弥漫着一股难以言明的味道,由尸体腐烂的臭味和医学用品的气味混杂在一起。高婕坐直了身体,她的脑袋还是有些晕乎乎的,她记得喝了顾雍的一杯茶之后,就什么都记不清了。高婕也同样看见了横七竖八堆放着的畸形人尸体,她瞬间就明白了,之前那些畸形人流浪汉的失踪和畸形人的被杀,都是顾雍做的,就是为了完成他那所谓的研究计划。

顾雍按下了录音机的按键,"畸形秀"的开场曲悠悠地响起来,吱吱呀呀的。他还打开了灯,一束明亮的灯光霎时打在了东珠的身上,明晃晃的灯光在东珠的身上纷纷扬扬下落。顾雍向东珠深深鞠了一躬,然后对高婕说:"高婕,这是我的妹妹东珠。"

顾雍解开了东珠的围巾,顿了顿,指着她的后脑勺说:"还有南珠。"

高婕吃了一惊,她看见东珠一颗脑袋上正反长了两张脸孔。在英国的时候,她的确有听说过有一种畸形双面人,但从来就没有遇见过,没想到自己竟然在这种情况下见到了一个双面人。顾雍仿佛沉浸在了自己的心境里,他满脸堆笑,说:"高婕,很快我就要进行一台跨世纪的伟大手术,哦不,不仅是手术,还是洗礼。"

"顾雍你别再错下去了。"高婕晓得,顾雍肯定是想分离东珠南珠的双面的,否则不会有那么多的铺垫。高婕想起来阻止顾雍,可浑身一点力气都没有。

顾雍抚摸着高婕白皙的脸庞,说:"你知道的,这不是错,畸形是这些人生来就有的原罪,他们给自己带来痛苦,给别人也带来痛苦,他们是恶魔的使者,我这么做恰恰是拯救他们。我用医学将他们改造成正常人,我就是神的使者,而你,高婕,你就是我的女神,我的贝雅特丽齐。"

顾雍从胸口口袋里掏出手帕,继续说:"还记得么,这是当初你送给我的礼物,我珍藏到了现在,我是爱你的,所以我希望你能做我研究成功的见证者。"

高婕挣扎着站起来,她慢慢移动着,在顾雍的注视下,她移动到了实验台边,那儿摆放着先前顾雍给她和华良展示过的,那两只分离开的连体老鼠。高婕的目光很冷淡,她的声音也很冷淡:"顾雍,我们已经不是一个世界的人了,你瞧瞧这两只小白鼠,它们没有活下来,你再看看这些无辜人的尸体,你的所作所为,完全是在虐杀人和动物,我为我之前相信你无私帮助畸形人而后悔,收手吧。"

"难道你不觉得成功就是需要有流血的吗?"顾雍摊摊手,说,"他们不白死,他们只是成功路上的铺路石。"

"顾雍,不要一错再错,否则你会万劫不复的。"高婕关掉了录音机,她实在听不下去了,这首走秀音乐令她有种窒息感。

顾雍的脸色越来越难看,他感觉高婕背叛了自己,明明已经是自己的同盟了,但她的软弱令人失望至极。顾雍有些歇斯底里,他抓着高婕的手臂,不料高婕一个过肩摔,把他掀翻在地。高婕想要扑上去控制住顾雍的时候,却看见顾雍撕开了自己的衣服,露出了绑在腹部的一排炸药。

顾雍大笑起来，他说："高婕，你要是敢乱动，炸药立马爆炸。"

华良和莫天是一前一后冲进屋子的，他们掏出了手枪，准备和顾雍来一个了结。

高婕看见华良进来，揪着的心就放下了，她坚信有华良在，一切都会好的。顾雍早就料到华良会来，他也知道自己逃不出去，为了能顺利完成手术，顾雍做好了一切准备。

"华探长，你来了。"顾雍不紧不慢地说，"我不想死，我相信你们也不想。只要我做完了这台手术，只要奇迹降临，我们谁都不用死，怎么样华探长？炸药炸不炸，就全看你了。"

这个时候，顾无为也进来了，他让黑衣大汉们拦住聚拢的宾客们。顾无为走向顾雍，表情复杂，他说："孩子，你不要做傻事。"

顾雍看见父亲到来，似乎很开心，他握住父亲的手说："爸爸，你瞧啊，多么完美的作品就要诞生了，这多亏了你和金玉妍。"

顾无为摇着头，他万万没想到，自己的儿子竟然变成了这副样子，像个十足的疯子。顾无为一辈子都追逐着利益，可他这么做都是为了唯一的儿子，看着顾雍的样子，他既心疼又悔恨，如果顾雍再错下去，那顾家可真就是万劫不复了。

顾无为从头到尾都没有和东珠说一句话，东珠的泪水潸然而下,她晓得,顾无为到什么时候都不可能认下自己的。东珠仿佛看见了母亲消瘦的身体,哆哆嗦嗦地站在雪地里。她闭上了眼睛,忽然觉得,自己死了就死了吧:"顾雍,如果只有一个人能活,你让南珠活吧。"

"南珠肯定是要死的。"顾雍的手术刀在东珠的脸上来回打转,"她的脸长在脑后,哪有人的脸长在脑后的呢。我要把她的眉毛、眼睛、鼻子和嘴巴都去掉,让你成为一个真正的正常人,从今往后,这个世界上只有东珠,没有南珠。"

贵生这时也清醒过来了,他大声喊叫着,他不愿意失去东珠和南珠任何一个人。从小,他们三个人就一同生活,在他的眼里,东珠和南珠本来就不是同一个人,她们虽然拥有着同一副躯体,但思想完全就是两个人。贵生把东珠和南珠当成是自己的亲妹妹,他们一直都相依为命,任何一个人消失,自己都会疯掉的。

几个一直隐藏在船上的记者,现在纷纷亮明了身份。记者们一张接一张地拍着照片,他们都希望可以把所有的都记录下来,要知道,这可是天大的新闻。

"啪!"

趁着闪光灯晃了顾雍眼睛的时候,南珠立马从手术台上跳下来,一把推开了顾雍,径直冲向了顾无为。手术台上有其他的手术刀,南珠利用手术刀悄悄割开了绳子,现在,南珠手里的手术刀架在了顾无为的脖子上,她说:"姐姐,用不着哭,世人都害怕我们是双面人,可是事实上呢,他们才是真正的双面人,他们表面上比谁都干净,可是内心里却肮脏不堪,他们才是最可怕的双面人!"

南珠没有等东珠开口,她的刀尖已经刺进了顾无为的心脏。顾无为面目狰狞,全身开始抽搐,他仰面倒在了地板上,圆睁着双眼。莫天要去开门,却发现房门早就上了锁,根本无法打开。

顾雍放声大笑,对华良说:"华探长,门锁是特制的,连枪都打不开。"

高婕和华良一左一右站在顾雍身边,伺机准备再次控制住顾雍。顾雍心知双拳难敌众手,倒不如来个鱼死网破,于是他把一把钥匙塞进了贵生的嘴巴里,一顶下巴,贵生就把钥匙吞下了肚。顾雍说:"这是唯一的钥匙,要么让我完成手术,要么我们一起死。"

"你会为现在做的决定后悔的。"华良是绝对不会让顾雍当着自己的面对东珠下手的,就算是死,也不会妥协。

"是你们逼我的。"顾雍看穿了高婕和华良想要干什么,知道顺利完成手术已经不可能了,那么索性就大家一起死吧。于是,他掏出火柴盒,一下子就点燃了导火线,火星吱吱地只要半分钟,炸弹就会爆炸,屋子里所有的人都会死掉。

华良环顾四周,发现有一桶水放在手术台边上,于是他立即上前,把这桶水朝顾雍泼去。顾雍一个转身,水泼在了他的背上。莫天用凳子砸向了顾雍,凳子不偏不倚,正好砸到了顾雍的头部,顾雍一个踉跄,差点倒地。华良和高婕抓准时机，一前一后向顾雍扑去，只要控制住了顾雍，就可以弄熄导火线，东珠也趁机解开了贵生的绳索。

顾雍的反应很快，他闪进了原本用来关押畸形人的囚笼，然后把囚笼门关牢，华良和高婕根本无从下手。时间一分一秒地过去，如果再不找到方法出去，所有人都会死在这里。记者们像发了疯一样去撞门，他们只想要新闻，可谁都不想死。

眼看着导火线就快要到尾部了，贵生咳嗽了几声，毫不迟疑地用手术刀划开了自己的肚皮。贵生掏出了胃，然后一刀割开，从里面取出了钥匙，一把扔给了华良。东珠和南珠都愣住了，等她们清醒过来，贵生已经倒在了地板上。

东珠抱住了贵生，失声痛哭。南珠抚摸着贵生的脸庞，泪水也掉了出来："阿哥，阿哥！"

"乖。"贵生的说话声开始变得虚弱，"阿哥不疼，你忘了吗，阿哥是感觉不到疼痛的，可阿哥心里是疼痛的，阿哥心疼你。"

大家这才明白了，原来贵生也不是正常人，他的身体没有痛觉。

"啊，难怪在给他包扎的时候他不会感觉到疼痛！"莫天恍然大悟。

华良打开了房门，记者们就冲了出去，莫天也跟着出去了，眼看着炸药马上就要爆炸了，华良招呼东珠赶快走。东珠像是没有听见一样，只是对贵生说："从现在起，我们三个又可以好好生活了。"

东珠的眼泪扑簌簌落下,在她模糊不清的视线里,贵生站直了身体,像一株笔直的白杨树。

"轰!"

炸药爆炸了,声音响彻云霄,整艘游轮都颤抖着。

华良和高婕摔倒了,在他们倒下去的时候,仿佛听见屋子里有人在唱歌,歌声是这样的:"小兔子乖乖,把门儿开开……"

22

高婕和华良并肩站在外白渡桥上,江风迎面吹来,间或还能听见电车和轮船的鸣笛声,以及滔滔不绝的黄浦江水声。

高婕看着一只江鸥飞过,然后她说:"你说得对,我和他不是同一类人。"

华良看着她的脸,问:"你和谁是同一类人?"

"也许,"高婕笑了一下,说,"我更喜欢死人。"

"你不妨把我当作死人,反正没有你的话,我和死了没分别。"华良说这句话的时候,脸上的表情一本正经。

"你可说不出这样的话来。"高婕听着有些别扭,华良可从不会讲这么肉麻的话。

这个时候,莫天不知道从哪儿跳了出来,这话是他教给华良的:"当然是本少爷教的。"

所有的事情都结束了,石谭森也把此次事件写成新闻发表了,他还彻头彻尾夸赞了华良一番,使得华良在上海滩的名气更大了。一个报童捧着一摞报纸奔过华良他们身边,他高声叫卖着:"神探华良大破'双面人案',快来看呐!"

三个人走下了外白渡桥,他们有说有笑的,走进了一缕无比美好的阳光中。在他们的左边,有一个广告牌,上面张贴着威尔逊公司新的招募畸形人演员的广告……